Story Gallery

Story Gallery

愛情神話
Satyricon

佩托尼奧（Petronius）－著
陳蒼多－譯

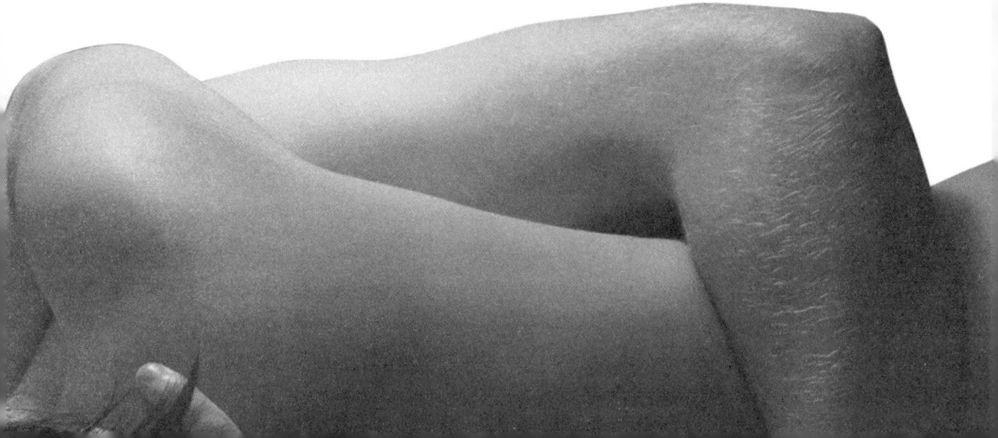

Story Gallery.4

愛情神話

原書書名 Satyricon
原書作者 佩托尼奧（Petronius）
翻　　譯 陳蒼多
美　　編 李緹瀅
執行編輯 王舒儀
主　　編 高煜婷
總 編 輯 林許文二

出　　版 柿子文化事業有限公司
地　　址 11677台北市羅斯福路五段158號2樓
業務專線 （02）89314903#15
讀者專線 （02）89314903#9
傳　　真 （02）29319207
郵撥帳號 19822651 柿子文化事業有限公司
E-MAIL service@persimmonbooks.com.tw

初版一刷 2013年07月
　　二刷 2013年07月
定　　價 新台幣280元
I S B N 978-986-6191-41-1

國家圖書館出版品預行編目資料

愛情神話 / 佩托尼奧（Petronius）作 ;陳蒼多翻譯. -- 初版. -- 臺北市：柿子文化, 2013.07;　面；　公分. -- (Story Gallery ; 4)
譯自：Satyricon
ISBN 978-986-6191-41-1（平裝）
871.58　　102009987

名家BRAVO推薦

媲美薄伽邱《十日譚》的芬芳甜美

費里尼電影版增加了另一位男主角的戲份，美美的、野野的，常常邪門但也不乏善良面的亞希托斯，既映照了雷奈電影《穆里愛》裡的男主角貝納——一位美美的、犯過錯而往事不堪回首的乖男孩，又使得文學原著逃過可能被費里尼才華比下去的危險，反倒讓原著與電影既適合對照閱讀，又可以分道揚鑣，各有各的自由、各有各的成就，恰似雷奈電影《去年在馬倫巴》被彼得・葛林納威電影《繪圖師的合約》既諧仿又背離而構成宛如底片與照片，既可能相似又可以相反的牽扯。

我比較期待從拉丁文翻譯成中文的直接溝通，現今經由英文間接譯過來可能流失一些神韻，不過想想，把拉丁文譯成英文的，是唯美詩人、戲劇奇才、男同性戀珠玉瑰寶——王爾德，這遠比由不愛男色，不解男性肉體美奧妙、不識男同性戀風情的外行人隔靴搔癢更得體、貼切。想想英國、愛爾蘭作家王爾德與法國作家紀德的友誼，法國詩人兼劇作家考克多把美國劇作家田納西・威廉斯的舞臺劇《慾望街車》譯成法文在巴黎演出，田納西・威廉斯參與義大利導演維斯康提電影《斷腸飄香未了情》的共同編劇，原來文學性、男色、同性戀是超越語文與國界而天下一家的啊！

《愛情神話》原著冶冒險奇遇、多元性愛大觀以及詩的穿插於一爐，媲美薄伽邱《十日譚》的芬芳甜美、珠圓玉潤、春色無邊，彷彿隨紀大偉在《紅樓夢》初識晴雲雨、伴白先勇遊走《金瓶梅》慾火焚身。

——**李幼鸚鵡鵪鶉**，知名影評人&喜歡和鏡子、照片合影的人

觀眾ENCORE迴響

《愛情神話》其實譯自一本很古老很古老的小說，故事描寫二千年前古羅馬的政經、社會、文化、信仰。過去我們透過電影《神鬼戰士》或《羅馬浴場》或許能看到古羅馬小小的一角，而《愛情神話》則是將其他沒有看到的，赤裸裸的「裎」現出來。

March

情和慾的衝突、靈與肉的紛爭，愛慾糾葛成為盛宴的配料，藉著身體的探索和名為愛的爭風吃醋構成複雜的本體。誰愛誰？誰又背叛誰？一顆心能夠有多大的容量？身體的自主是否只是精蟲衝腦的美化？……這本書說的內容，幾乎是一種挑戰道德的書寫。

天生一水

閱讀完整部小說，再對照羅馬帝國的興衰之後，不禁令人感慨。書中的豪奢、荒淫、放肆，無

不映現古羅馬曾經的昌隆繁盛，而最後恩可皮烏斯的不舉難道不是預言了衰敗嗎？開到荼靡花事了，盛極必衰是不變的道理，畢竟沒有什麼是永恆不變的，愛情如此，友情如此，一個強盛的國家同樣也逃不過這樣的命運，「我們比虛無更虛無。」崔瑪奇歐的話實在有深意。

開到荼靡花事了

除了刻畫愛恨情仇的多角、多變及多重面向，嘲諷豪奢驕淫及階級鴻溝，《愛情神話》在荒誕詭喻中，常穿插讓人心神為之一凜的字句，即使隔著兩千年的距離，仍足以借古諷今，堪稱一絕。有些情節之大膽露骨、諷刺力道之直擊冷冽，會讓我想起薄伽丘《十日譚》中的某些片段。我開始明白因同性戀入獄的王爾德為何想要翻譯這部「史上最佳同志小說」，愛情神話中的神話兩個字，更讓人聯想希臘羅馬神話當中，眾神的閒來無事奢靡慾，無法可管恣意狂。諸神的天空，怎一個亂字了得；人世的顛倒，豈一個謬字能形容。

嘎眯

這是一個以BL與豪奢生活包裝的哲學思辨故事。關於故事中人物複雜多變的關係，些許心思轉變與揣測的敘說，還有許多宴飲、交際、人文風俗的書寫上，《愛情神話》形似《紅樓夢》、《金瓶梅》等大部頭著作，極其細緻且具體的描寫方式，致使人事物之萬般樣貌彷若現於眼前……流竄於《愛情神話》之中的，相類於莎士比亞那種充滿荒謬且誇張的戲劇感，讓人似乎處於遠距離的觀看著，這些不真實到詭譎地步卻又如此吸引我們閱讀的人類樣貌。

辣子

開場之前 一場愛情冒險的背後

公元一世紀，羅馬正值帝國顛峰，版圖橫跨歐、亞、非三大洲。海路交通發達、貿易自由，稀有的寶物珍饈從世界各地湧入羅馬，供富人和貴族享用。哲學家亞里斯底德曾形容：「如果你在羅馬找不到一件東西，那麼這件東西根本就不存在世上。」

炫富花招層出不窮

當時是奴隸制繁榮的時期，大量奴隸取代日常瑣事，造就了羅馬人高度繁榮的物質生活，一個富人可能擁有上千名奴隸，除了可以想見的勞役外，甚至有專門替主人向人打招呼，或提醒主人進食與睡覺的奴隸。作為最富裕的國家，羅馬人的奢華遠超乎想像，用來奉客的菜餚愈珍稀，便愈有面子，他們派人到世界各地蒐羅珍貴食材，包括孔雀的腦髓、夜鷹的舌頭、八目鰻的乳汁等等；而把珍珠溶解在醋中一飲而盡，也是他們炫耀財力的方法之一。為了不間斷的享用美食，羅馬皇帝維特里烏斯甚至必須在飯後催吐，才能吃下更多珍饈。

羅馬人在衣著上也盡顯奢華，紫色及紅色為貴族和富人愛用的顏色，紫色染料極其昂貴，一隻骨螺僅能萃取出一滴染料，但他們對紫色的熱愛卻達到瘋狂的程度，不僅在衣飾上好用紫色，就連躺椅和坐墊也要是紫色的，故事中，富豪崔瑪奇歐毫不吝惜的用紫色織品包紮傷口，便忠實反映了羅馬人在這方面的鋪張浪費。

羅馬浴場和競技場

近來為後世所樂道的羅馬浴場除了供大眾洗浴之外，也具備社交、娛樂及健身的功能。公共浴場的設置有如王宮般奢華，有大理石柱、拼花地板、瀑布及塑像等。除了冷熱水池、蒸汽室等基本設施外，多數浴場甚至附有圖書館、演講廳、遊樂室、酒吧和商店，也常有妓女和孌童出入，等待恩客垂青。浴場受到羅馬人廣大的喜愛，光是在裡面馬殺雞、玩遊戲、聊聊政治和八卦，便可以耗上一整天。除了大型的公共浴場外，有錢人也經常在家中建造豪華的私人浴場。

羅馬的著名地標——羅馬競技場是羅馬人另一個休閒場所，民眾爭相前往圓形劇場觀賞人對人、或人對野獸的肉搏戰，這種殘忍的打鬥會持續到一方死亡為止。角鬥士大多是奴隸和罪犯，觀眾對他們的生死毫不關心，甚至會在角鬥士表現太糟時大聲叫囂、喝倒采，要求對手殺死他。

陽具滿場飛——開放的性愛觀

羅馬帝國養男寵的風氣相當盛行，自由民[1]可以透過美少年、男妓、閹人和男性奴隸滿足性慾，但不被允許扮演被動的一方。他們公開頌揚性愛，對性的開放也體現在對陽具之神——普里阿普斯的崇拜上，普里阿普斯是希臘神話中的生殖之神，擁有巨大、永久勃起的陽具。勃起的陽具以繪畫、塑像和雕刻等形態大剌剌的展現在公共場合中，羅馬人甚至將陽具形狀的護身符隨身攜帶，祈求富饒和多子多孫。

帝國的強盛成就了羅馬歷史上最精彩的一頁，也因此成為作家筆下愛用的題材和場景。出生於西元初世紀的權貴階級，佩托尼奧對富人奢華的誇張行徑自是毫不陌生，他的《愛情神話》超越了當時只重情節，不重人物刻畫的小說窠臼，人物性格鮮明的躍然於紙上，情節推展也更顯生動精彩。且看佩托尼奧如何以最身歷其境的描述，帶你重返兩千年前，最原汁原味的輝煌羅馬！

1 古羅馬帝國的居民可分為有公民權的自由民、無公民權的自由民，以及奴隸。有公民權的自由民統治著無公民權的自由民和奴隸。

登場人物
恩可皮烏斯的愛慾多角圖

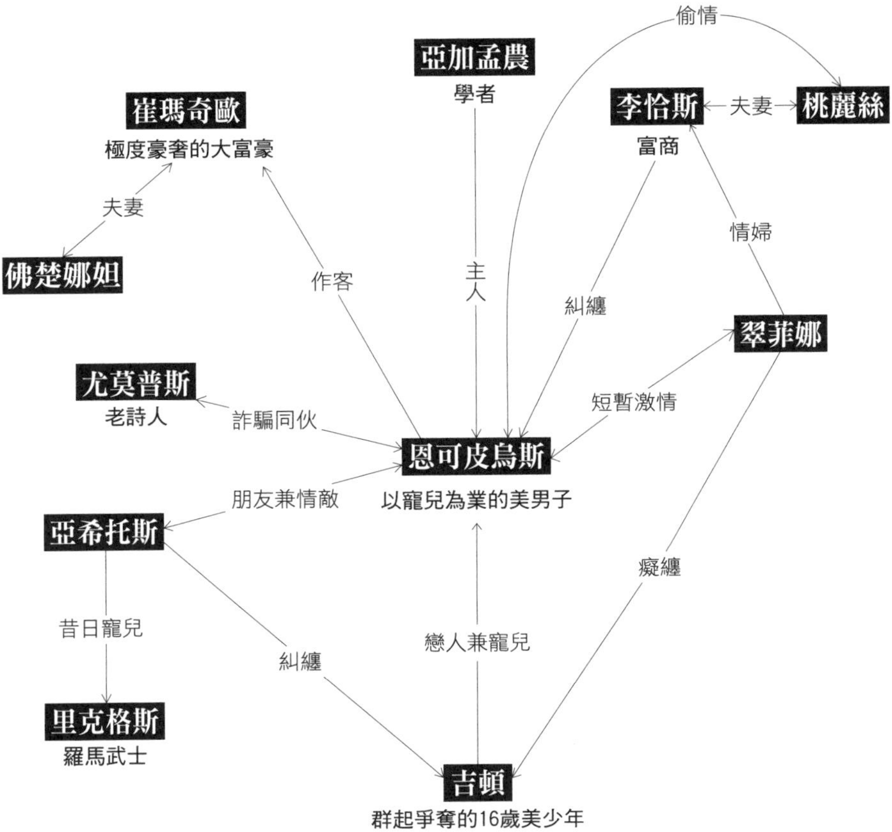

Ⅱ

很久以前，我曾答應過你，要把我的歷險故事告訴你。

今天，我決定要實現諾言，我們有幸在這兒見面，不妨用一些生動的談話以及愉快、有趣的故事，為嚴肅的議題加上一點調味料。

法布利修斯‧維恩托剛才很明智地跟我們談到迷信的愚蠢之處，他揭露了教士的各種江湖騙術、聖徒們對預言的狂熱，還有他們解釋神祕現象時的無恥表現——其實他們有時候根本不了解這些神祕現象。這種類型的愚蠢跟下述這一種是很相同的，有些人大聲宣稱：「為了護衛我們共同的自由，我受了傷；為了你們的緣故，我失去了這隻眼睛。請幫幫忙，帶我去我的孩子那兒，因為我殘廢的手腳無法支撐身體的重量。」

如果這種過激的行為能讓初學者的口才變流利也就罷了，但是，所有的學生卻都只沉浸在浮誇的主題和空洞的語詞中，每次他們一踏上演講壇，就開始幻想自己進入了一個新奇的世界。在我看來，這正是年輕人上了學之後反而變蠢的原因，在那兒，他們看不到也聽不到任何一件與日常生活相關的事。他們的所見所聞，不是上了手銬的海盜潛伏在海岸上，就是暴君強迫兒子砍掉父親的頭；再不然就是瘟疫時期的神諭——宣稱必須犧牲、獻祭三位或更多的處女，才能抑制瘟疫。一切不過是面面俱到的甜言蜜語和作為，上頭灑滿了罌粟與芝麻。

在這樣的訓練之下，想要有好品味是不可能的，就好像住在廚房中，要身體不臭是不可能的。讓我告訴你們吧！演講術之所以墮落，得怪你們這些修辭學家，只為了取悅聽眾的耳朵，就去使用愚蠢、無益的言詞，結果卻削弱並傷害到流利口才的本質。

在索福克里斯和歐里庇得斯[1]的時代，年輕人並未受到雄辯術的束縛，能自由使用他們心目中最合適的語詞來表達自己的意思，雖然品達[2]等九位抒情詩人都不再模仿荷馬的風格，但男人的智力並沒有受到教授學者們所影響而致無法彰顯。

我不想完全引用詩人作為例子，那麼就來看看柏拉圖或狄摩西尼[3]吧！他們也不曾從事這種發揮智力的辯論工作。高貴，以及所謂純潔的風格，並不會充滿過多的修飾，也不會華而不實，是它本身的自然美賦予了它崇高的價值。

過了一段時間後，這種空談、浮誇的語言潮流就從亞洲湧入雅典了，像一個邪惡的星體般摧毀了那些追求崇高理想的年輕人，所有的藝術規則立刻被破壞了，真正的流利口才不復存在。從此以後，有誰能像修昔底德這般完美？像希佩里德斯[4]這般光榮呢？沒有！不再有一首詩寫及快樂與健全的事物，所有的詩都像是吃了不健康的食物，缺乏精力活到老年。繪畫也面臨同樣的命運，因為埃及人跋扈地發明了一種狹隘的方式，去從事這種高貴的藝術。

[1] 皆為古希臘劇作家，和埃斯庫羅斯並列為古希臘三大悲劇詩人。
[2] 古希臘抒情詩人，被後世學者認定為九大抒情詩人之首。
[3] 古希臘著名的演說家。

有一天，我面對很多聽眾，正專心談論著這個論點，亞加孟農走上前來，想知道這些聽眾如此專心是在聽誰講話。嗯，他不准許我在柱廊講話的時間超過他在學校辛苦演講的時間。

「年輕人啊，」他說，「你說的話勝過通俗的老生常談，更難得的是，你是很讚賞理性的人，所以我要向你透露一個專業的祕密。人們之所以會選擇這種發揮智力的辯論工作，實在不能怪罪於學校的老師。

老師們不得不跟其他人一樣瘋狂，要是不教授學生喜歡的事情，情況就會變得像西塞羅[5]說的那樣——老師們只能對著空椅子講話了。就像虛假的諂媚者總設法坐在富人的桌旁吃飯，他們主要的工作只有一個：觀察主人最喜歡什麼，因為達到目標唯一的方法，就是藉由哄誘與諂媚。同樣的，修辭學的教授必須像釣魚一樣，把魚最喜歡的餌插在魚鉤上，不然他就會在岩石上站立許久，卻始終等不到成功的機會。

那麼，這又是誰的錯呢？父母該為此受到責備，因為他們不讓孩子們接受嚴格的訓練。首先，他們對孩子的期望就像在其他方面一樣，顯得太過野心勃勃，他們急於實現自己的願望，於是在孩子們仍然生澀且一知半解時就把他們推進演講壇，讓還幼稚的孩子去學習演講術，即便他們自己也承認，這種藝術是再困難不過了。

唯有當父母讓孩子們在課業上逐步前進，讓學子認真地進行紮實的閱讀，以哲學的智慧穩定他們的心智，以嚴格的糾正磨練他們的風格，以深沉又長遠的方式研究他們想要模仿的事物，拒絕被膚淺幼稚的優雅表現所迷惑，那麼此時——也唯有此時——莊嚴又古老的演講術才可能恢復

[4] 修昔底德為古希臘歷史學家，其著作《伯羅奔尼撒戰爭史》記述了公元前五世紀雅典與斯巴達的戰爭。希佩里德斯為雅典著名的雄辯家。
[5] 羅馬共和國晚期的哲學家、政治家、雄辯家。

以往的權威與莊重。如今，男孩坐在學校浪費時間、年輕人在講壇遭人譏笑，更糟的是，老年人都不肯承認自己在年輕時代接受了錯誤的教導。

但是，為了不讓你認為我不贊成諷刺詩人盧希留式的即席嘲諷，我現在就以詩的方式來表達自己對此事的想法：

如想成為演講家，
必須努力遵守古代的訓誡，
注意嚴格節約的律則；
別經常現身法庭，流露出諂媚的神色，
也不要到大人物家吃飯，拍他們的馬屁；
不要結交酒肉朋友，鈍化自己的頭腦，
也不要在看戲時淨坐在那兒拍手，
對著演員的戲法張著嘴。
無論被繆斯引導到崔托尼亞出名的音樂廳，
或斯巴達的流亡者所築起的城牆，
甚至海妖的歌聲震顫
並魅惑空氣的一些地方，

最重要的還是『詩』，
而荷馬的詩是解渴的泉源。
不久他就會精通深沉的蘇格拉底學說，
揮動德莫希尼斯過去所攜帶的武器。
然後他必須被導向新的風格，
將希臘人的機智結合以羅馬人的聲調。
他不僅會在講壇中發現工作，
適合他那不得不空閒的心智；
他也會閱讀大量的書籍，那是詩人的火光語言，
英勇的戰爭故事以及杜力筆下的愛國者怒氣……
就讓這些成為你的研究對象；那麼，不管什麼主題，
就讓你的流利口才如大河般湧出。」

我專心聽著亞加孟農說話，沒留意到亞希托斯已經趁我不備時偷偷溜走；我在花園中走來走去，腦海中充滿適才聽到的激昂言詞。此時，一大群學生衝進柱廊中，這些人顯然剛聽完某位批評家抨擊亞加孟農的即席演講。我趁這些小伙子在取笑、辱罵亞加孟農的見解和談話內容時逃走，跑去追亞希托斯。然而，我忘了留意腳下走過的路，也完全不知道我們的客棧位於何處，無

論我往哪個方向走，最終都會回到原點。正當我跑得筋疲力盡，汗水滴下來時，遇到了一個賣藥草的矮小老婦人。

「好母親，請妳幫幫忙，」我說，「妳能夠幫我找到我住的地方嗎？」

我的問題顯然很荒謬，但她似乎覺得很有趣。

「當然可以！」她回答，於是站了起來，走在我面前引路。我猜，她八成是一位女巫。不久，我們來到一個可疑的地方，這位親切的老婦人拉開門口的簾幕，說道：「來吧！這就是你住的地方。」

我正打算開口抗議自己並不認得這間房子，卻突然看到一些神祕的人在成排的店招牌和裸體妓女之間穿梭。

我終於明白自己被領進一家妓女院，但卻為時已晚。這個虛偽的老婦人真是可惡，我把衣袍拉到頭上，衝過妓女院，跑到對面的門。但是，就在門檻的地方，你猜我遇見了誰？正是亞希托斯！他看起來筋疲力盡、累得半死，就像我一樣——你或許會以為，是同一個老婦人把他引到了這兒。我用嘲諷的姿態對他欠欠身，問他在如此可疑的地方做什麼。

他用兩手擦擦臉上的汗，回答說：「但願你知道我遇上了什麼事！」

「哎！你遇到了什麼事啊？」我說。

他以微弱的聲音繼續說：「我在城鎮四處遊蕩，找不到回客棧的路，有一個看起來相當體面的人來向我搭訕，很有禮貌地為我指路。在走過一些黑暗又複雜的巷子之後，他帶我來到現在這裡，掏出他的『東西』，請求我為他服務。那個老女人立刻收了房間的費用，男人則死抓著我，要不是我比他強壯，真的會陷入很不利的處境中。」

就在亞希托斯敘述這段歷險時，他口中那位體面的朋友又走上前來，他的身旁站了一位相當有魅力的女人。這個男人跟亞希托斯打招呼，請求他進去裡面，還對他保證沒什麼好怕的；他還說，既然亞希托斯不同意扮演被動的角色，那也可以扮演主動的角色，男人身旁的女人則急著要我跟她配成對。最後，我們跟著這對男女來回穿梭於店招牌之間，途中，我看到房中的男男女女表現出各種姿態，讓我覺得他們八成都是喝醉酒的色情狂。一看到我們，他們便擺出誘人的手勢，想引誘我們來一場後庭之歡。

忽然，一個衣著整齊的人襲擊了亞希托斯，把他撲倒在一張床上，試圖頂入他的身體。我跳起身去營救遭受攻擊的亞希托斯，我們結合了兩個人的力量，迫使這位惡徒放棄他的企圖。亞希托斯迅速逃出房子，留下我一個人拼命抵擋他們野蠻的攻擊。最後，他們發現我比他們強壯很多，又沒有心情做這種愚蠢的事情，就紛紛鳥獸散了。

我幾乎跑遍了整個城鎮，終於看到吉頓，他彷彿一團霧，站在客棧附近一條巷子的角落，我趕忙跑去找他。我問我最喜歡的吉頓，是否有任何東西可以吃，然而他坐到床上，開始用姆指擦眼淚。看到最愛的人兒這麼痛苦，我的內心很是不安，便問他發生了什麼事。

過了很長一段時間，我仍然無法從他口中套出任何一句話，直到我軟硬兼施，既威脅又請求，他才勉強告訴我：「你最喜歡的那個人，你那個同伙的，剛剛跑進我們的住處，開始強迫起我來。我大聲尖叫，他便抽出一隻劍，說道：『如果你是傳說中的露柯蕾提亞，那麼站在你眼前的正是塔爾昆。』[6]」

聽到吉頓這麼說，我驚叫一聲，對著亞希托斯揮動拳頭：「現在你有什麼好說的？你這個變童！你這個氣息惡臭的男妓！」

亞希托斯假裝極為生氣，他激昂地模仿我的手勢，以更尖銳的聲音叫著說：「拜託你閉嘴好嗎？你這個卑鄙的角鬥士，在謀殺主人後幸運地逃離了競技場的監獄。拜託你閉嘴好嗎？你這個午夜的惡魔，就連你這輩子最勇敢的時候，都沒膽面對一個女人。我不是在一座果園中充當了你的寵兒嗎？就像這個小伙子現在在這間客棧裡做的那樣？」

「你到底有還是沒有？」我打斷他，「在主人演講時偷偷溜走？」

「傻瓜啊，我都快要餓死了，還能怎麼辦呢？難道要我停下來，去聽那一串還不如破碎玻璃叮噹響的言詞，還是去聽那些好似夢中書般的胡亂詮釋？天啊，你比我還卑鄙；為了吃到一餐，你甚至拋棄自尊，去諂媚一個詩人！」

他的一番話結束了這場不體面的口角，我們忽然爆出一陣大笑，開始以較為平和的語調去討論其他事情。

但我很快又想起他最近的粗野表現，於是我說：「亞希托斯啊，我看我們是無法好好相處的，還不如把那一點點的財產平分掉，各自努力去與貧窮作戰。你是學者，我也是，我不想和你

[6] 《羅馬史》中，露柯蕾提亞遭到王子塔爾昆強暴，並在受辱後自殺身亡，她的親族憤而兵變，間接導致羅馬王政時期的結束。

競爭，所以我打算從事另一種行業。不這樣做的話，我們將會為了數以千計的理由每天爭吵不休，然後在不久之後成為整個城鎮閒言閒語的對象。」

亞希托斯並未表示異議，只是說道：「今天，我們已經以文人的身分接受出外用餐的邀請，可別放棄今晚的美好時光。不過，既然你希望如此，我明天會去找一個新的住所，以及另一個同睡的人。」

「別把一個好計畫拖到明天，」我說，「那叫歹戲拖棚。」

我那頑劣的渴望催促我盡快與亞希托斯分開，我早就想擺脫他妒嫉的視線，重新恢復我與可愛吉頓的關係。然而，聽到我這麼說的亞希托斯非常生氣，二話不說地衝出房間。

如此的不歡而散透露了不祥的徵兆，我非常了解亞希托斯那無法控制的脾氣和強烈情緒。我追了過去，想暗中留意他的一舉一動，防範不幸產生。然而他靈巧地從我的視線中消失，我花了很長的時間去找這個無賴，可惜最終一無所獲。

遍尋整個城市後，我回到自己的小房間。此刻，我終於能夠盡情地親吻吉頓，緊緊擁抱這個可愛的小伙子，我對幸福的嚮往莫過於此，此時此刻，相信所有的人都很嫉羨我。

但好事還沒有完成，亞希托斯就偷偷溜到門口，強行破壞了門閂，逮到我在跟他最喜歡的吉頓作樂。

亞希托斯的笑聲和喝采聲頓時充滿了房間，他扯開那件遮蔽著我們的披風，叫著說：「啊，我神聖的朋友啊！你是在追求什麼啊？兩個人舒適地躺在一件被單下？」

他一直講個不停，同時從袋子裡拿出皮帶，開始毫不留情的鞭打我，一面鞭打，一面佐以侮辱的言詞：「這就是你與伙伴平分財產的方式嗎？別那麼猴急，我的朋友。」

這種攻擊來得那麼突兀，我只能默默忍受鞭打，試著把亞希托斯的行為看成一個玩笑，這樣倒是不錯，否則，我就必須跟我這位情敵決鬥了。我裝出很愉快的樣子，這不但平息了他的怒氣，他甚至開始微微笑著。

「聽著，恩可皮烏斯，」亞希托斯說，「你只顧著沉迷在享樂中，完全沒留意到我們的錢幾乎花光了，剩下的都是些沒價值的東西。夏天待在城中沒什麼好處，往鄉村去會比較走運，不如去拜訪我們的朋友吧！」

現實需求驅使我壓抑住憎惡的情緒，接受了亞希托斯的提議。我們要吉頓攜帶少量的行李，離開城市，前往里克格斯——一位羅馬武士——的鄉村別墅。亞希托斯以前曾在那裡當過寵兒，里克格斯因此為我們安排了很出色的接待場面，聚集在那兒的同伴也為我們準備了有趣的娛樂。最重要的是，翠菲娜，一個相當漂亮的女人，跟李恰斯一起前來做客，李恰斯是一艘船的主人，擁有海岸附近的地產。

我無法用言語來描述我在這可愛的地方所享受到的快樂——儘管里克格斯的酒菜其實很簡樸。我必須告訴你，我很快就跟可愛的翠菲娜變成一對情人，她欣然滿足我的渴望，是我很喜歡的對象。就在沉浸於翠菲娜對我的偏愛時，李恰斯因為情人被我奪走而憤怒不已，堅持要我補償他所蒙受的傷害。

翠菲娜長久以來就是李恰斯的情婦，他提出要求，希望由我本人親自補償他的損失。他以激烈的手段逼迫我，但翠菲娜早已擄獲我的心，讓我因此對李恰斯的強求充耳不聞。我的拒絕使他變得更加急切，他開始像一隻狗般到處跟著我。有一晚，他甚至闖入我的寢室，在求歡遭拒後，李恰斯開始試圖強迫我，我高聲喊叫，驚醒屋子裡的人，如此，才不會讓李恰斯的魯莽破壞了里克格斯對我的盛情招待。

李恰斯察覺到，待在里克格斯的家中讓他的企圖難以得逞，於是開始說服我去他家作客。在我再度拒絕了他的邀約後，他轉而要求翠菲娜對我發揮影響力。翠菲娜請求我答應李恰斯的邀請，心中卻盤算著要透過促成我和李恰斯，而讓自己可以在那兒過一種較不受打擾的生活。我聽從了摯愛的翠菲娜，答應當李恰斯的客人，於此同時，里克格斯恢復了與亞希托斯以往的關係，不願讓他離開。我們只好同意讓亞希托斯留在這兒，並由我跟吉頓陪伴李恰斯。我們也決定，只要有機會，就各自取得任何能到手的東西，以作為共同的財產。

我的首肯讓李恰斯感到無比高興，他催促我們上路，要我們即刻與朋友道別，希望能在當天抵達他家。旅途中，李恰斯巧妙的安排我坐在他身旁，翠菲娜則坐在吉頓旁邊。

他之所以這樣安排，是因為他知道翠菲娜向來以善變聞名——事實證明他的預料是正確的，翠菲娜立刻愛上這小伙子，我輕易就看出了這一點。李恰斯刻意把我的注意力引向房子週遭的環境，向我保證一切都沒什麼好顧慮的，於是我更放心地接受他的求歡，使得他喜出望外。李恰斯很確定，翠菲娜對我的傷害會讓我對她的愛轉為輕蔑；而為了跟翠菲娜嘔氣，我自然就會更坦然地接受他的追求了。

這就是發生在李恰斯家中的風流韻事。翠菲娜為吉頓所迷，吉頓的整顆心亦為翠菲娜熾烈地燃燒著，這樣的他們讓我非常反感。李恰斯刻意討好我，每天都努力想出一些新奇的消遣，想轉移我的注意，連他美麗的妻子桃麗絲也積極地幫助他達到目的。

桃麗絲是如此的迷人，不久後，我心中就再也容不下翠菲娜了。我向桃麗絲眨眨眼，希望她明白我的感受，她則以誘人的眼神回報我對她的讚賞。這種默契更勝過語言，暗中表達出我們對彼此的喜歡。

不久後，我看出李恰斯在吃醋，於是開始心存警戒，同時，愛的敏捷眼光讓這位人妻察覺到自己的丈夫對我另有企圖。我第一次有機會和她說話，她便把自己的發現告訴了我。我坦白承認事實並向桃麗絲訴說，我是如何嚴峻地看待她丈夫對我的求歡。然而，她表現得像個聰慧又謹慎的女人，只是如此回答我：「是的、是的，在這件事情上，我們必須表現得聰明一點。」

我聽從了她的忠告，並且發現一個事實：屈服於某人意味著贏得了另一人。

在吉頓忙著恢復枯竭的精力時，翠菲娜又想要回到我身邊。我拒絕了她的提議，她的愛竟因此轉變成強烈的憎恨。不久後，這個熱情的小淫婦旋即發現我跟李恰斯夫婦倆都有一腿。她並不在乎李恰斯與我之間的曖昧關係——反正她也沒什麼損失，但卻十分嚴苛地看待桃麗絲的祕密情事，甚至向李恰斯告發了桃麗絲的行為。

李恰斯的醋意變得比愛意更加強烈，並且打算展開報復。沒想到，翠菲娜的女僕竟跑去警告桃麗絲，要她注意隨時可能來襲的暴風雨，桃麗絲於是決定暫時停止我跟她的祕密約會。

知道了整件事的來龍去脈後，我詛咒翠菲娜的不忠和李恰斯的忘恩，下定決心離開此地。

而幸運之神是如此的眷顧我，就在前一天，一艘載滿女神祝典的豐盛祭品，也就是獻給艾喜絲女神的船隻，擱淺在鄰近海岸的岩石上。

我跟吉頓談及此事，他欣然同意我的計畫，畢竟翠菲娜在吸盡了他的精力之後，早已公然地拋棄了他。我們第二天就出發前往海岸，在船上主事的是李恰斯的僕人，因為他認得我們，我們因此得以輕易地登上了那艘擱淺的船。為了表示禮貌，他們堅持要隨侍在我們身旁，害得我苦無機會搶奪船上的物品。

我要吉頓絆住他們，自己則找機會走開，潛進立著艾喜絲女神神像的船尾。我從神像上取走一件豪華的披風，以及一副銀製的叉鈴，又從船長的船艙中拿走了其他有價值的東西。事情結束後，我趁無人注意時從一條拴船的繩子上滑了下來。除了吉頓之外，沒有任何人注意到我，原來他早就避開主事者的注意，偷偷跟在我身後。

吉頓跟上來後，我把得手的東西拿給他看，並決定盡快和亞希托斯會合。我們一直到隔天才有機會回到里克格斯的房子，一到那兒，我把偷東西的經過，以及不幸的愛情歷險簡單地轉述給亞希托斯。他建議我們拉攏里克格斯，且不妨對他宣稱，李恰斯不停的騷擾我，逼得我和吉頓不得不突然又祕密地逃走。

里克格斯聽聞此事，誓言會盡一切努力幫我們對抗李恰斯。

在早晨服侍翠菲娜和桃麗絲化妝是我們每天的例行工作，因此，這兩個女人一直到起床後才發現我們逃走了。李恰斯注意到我們不在家，於是派人去尋找我們，還特別派人到海上搜尋一番。他從信差那兒獲知我們曾上過船，但對偷東西一事毫無所知。偷東西的事情還沒有被發現，因為船還沒轉向，船尾仍向著海的方向，而船長根本還沒有回到船上。

得知我們逃走後，李恰斯非常生氣，他對桃麗絲大發脾氣，認為她應該負全責。我並不想描述他對桃麗絲使用的咒罵言語與暴力——畢竟我也不怎麼了解詳情，唯一值得一提的是，造成一切紛擾的翠菲娜最後竟說服李恰斯上里克格斯那兒找我們，她認為那是我們最有可能的藏身處。她自告奮勇要陪李恰斯前往，好找機會大肆辱罵、唾棄我們，她認為我們活該遭受這種對待。

他們在第二天出發，來到里克格斯的宅第。我們當時並不在家，里克格斯帶我們去參加鄰近村莊所舉行的赫克力斯慶典。得知此事後，他們匆匆忙忙地追隨在後，終於在神廟的柱廊發現了我們的行蹤。

我們看到他們，感覺非常不安。李恰斯立刻以尖酸的口氣指責我們逃到里克格斯那兒，里克格斯則回以憤怒的臉色與高傲的神態。我振作起精神，大聲指控李恰斯在里克格斯的家以及他自己家中，都試圖對我進行下流的襲擊，實在可恥。

出面干涉的翠菲娜也碰了一鼻子灰，我們的口角引來了眾人的圍觀，我對他們說，翠菲娜是個卑鄙的女人。為了證明我所言屬實，我要他們看看吉頓，他是如此的蒼白且毫無血色，而我自己則被這位淫蕩的妓女搞得幾乎在鬼門關前走了一趟。這群人爆笑出來，我們的對手甚感窘困，於是頹然撤退，並誓言來日報復。

他們察覺到我們已經贏得了里克格斯的心，決定在他的家門前等他，設法讓他改變心意，不再袒護我們。慶典儀式一直到很晚才結束，我們無法在當晚趕回里克格斯的宅第，於是他帶我們到他位於返家途中的鄉村小居。

隔天早晨，當我們還在睡夢中時，里克格斯先行離開，回家料理急事了。

李恰斯和翠菲娜就在那兒等著他，並以巧妙的方式說服了里克格斯把我們交出去。天性殘忍又詭詐的里克格斯策畫著，以什麼樣的方式出賣我們會最棒。之後，他催促李恰斯去找幫手，自己則回到鄉村小居去逮捕我們。

一回到小居，里克格斯便以粗暴惡劣的姿態對待我們，就像李恰斯以往所表現出來的那樣。他搓著手，責備我們對李恰斯太虛偽，命令手下把我們監禁在寢室中。除了亞希托斯，我們都躺在那兒，拒絕聽從他所說的任何一句話，表示沉默的抗議。我們被拘禁起來的同時，亞希托斯則被里克格斯帶回了宅第。

在被帶回去的途中，亞希托斯努力想改變里克格斯的決定卻徒勞無功，祈求、愛撫、眼淚都無法打動他，亞希托斯只好想別的辦法營救我們。里克格斯惡劣的表現讓亞希托斯很生氣，他斷然拒絕與里克格斯同床，如此一來，亞希托斯心中成形的計畫也變得可行多了。

等到屋裡的人都熟睡後，亞希托斯就把行李扛在肩上，從牆上一個事先做了記號的洞口溜出去。亞希托斯在黎明時分到達我們的住所，他順利進入房子，找到拘禁著我們、有警衛戒備的房間。門閂是木製的，並不難打開，他塞進一根鐵條，鬆下了門閂，門鎖立刻掉落，驚醒了我和吉頓——儘管處在如此倒霉的情勢下，我們還是呼呼大睡著。警衛們也睡得很熟，徹夜監視我們的工作讓他們筋疲力盡，連門鎖掉落的聲音都無法驚動他們。

亞希托斯進入監禁我們的房間，把所做的事情簡單地說了一遍，就當時的情況，實在不容許他說太多。我們忙著穿衣服時，我忽然想到應該殺死看守人，好好地洗劫房子。我向亞希托斯透露我的想法，他也贊成要大撈一筆，但提醒我若能藉著不流血的方式進行將更容易達到目標。

亞希托斯對這間房子瞭如指掌，他引導我們前往儲藏室並且打開了門。我們劫掠了裡面較有價值的東西，趁著清晨時分逃走。我們避開公用的道路，一路上都不曾停下腳步，直到我們認為已擺脫被追上的危險為止。

亞希托斯喘了口氣，強調能洗劫里克格斯的房子有多讓他高興。他說，里克格斯是一個聲名狼藉的吝嗇鬼——單憑這點，就很有理由讓亞希托斯發牢騷了，他每晚為里克格斯服務，卻不曾獲得半毛錢，又吃不飽、喝不足。這個傢伙可真是小氣透頂，儘管擁有不計其數的財富，卻連最基本的生活必需品都吝於享有。

不快樂的坦塔勒斯，受盡詛咒，
置身在果實之中，卻餓得發昏，置身在溪流中，也渴得發昏；
吝嗇鬼的典型啊！他擁有一切，
卻害怕去品嚐，於是處在最得不到神佑的福祚中。

亞希托斯主張，我們應該在當天回到那不勒斯。

「說真的，」我說，「為何偏偏去他們最可能找到我們的那不勒斯？這是很不智的。不如躲藏一段時間，隨意在鄉村閒逛，我們有足夠的錢舒舒服服地享這種福。」

亞希托斯同意了我的建議，於是我們出發前往一個小村莊，那兒點綴著很多舒適的鄉村住宅，我們所認識的幾個人正在那兒享受當季的娛樂。才走了一半的路程，我們就遇到一場暴風雨，迫使我們不得不飛奔到最近的村莊避雨。

走進客棧後，我們發現一群躲避險惡天氣的旅客。這群人的掩護讓我們能輕鬆地到處刺探，尋找可以占為己有的東西。亞希托斯趁著沒人注意時，從地板上撿起一個小袋子，裡面竟然有很多金塊，這樣幸運的開始讓我們非常興奮。

我們偷偷從後門溜走，唯恐有人會上前來要求分一杯羹。在屋外，我們發現一個正在準備馬鞍的僕人暫時離開了馬兒，回到屋內取東西；我利用這個機會從馬鞍上偷走一件上好的騎馬斗篷，解開綁住斗篷的皮帶，然後在幾間小屋掩護下，逃進最近的森林。

我們在森林深處坐了下來，開始討論該如何將金子藏匿好——我們不希望有人發現我們偷了東西，也不希望金子被別人搶走。最後，我們決定把金子縫在一件舊束腰外衣的縫邊中——這件舊外衣原本是披在我肩上的，後來又交給亞希托斯保管。接著我們便起身準備出發，想順著小路前往城市。

正當我們要離開森林的時候，卻聽到一個聲音說出了駭人的話：「他們逃不了的。他們進入森林了，只要我們分散開來到處搜尋，就很容易逮到他們。」

聽到這番話，我們心裡非常恐慌，亞希托斯和吉頓穿過樹叢，朝城市的方向衝去，我則匆匆向後退，那件束腰外衣就在那時從我肩上滑落，我卻渾然不覺。

最後，我筋疲力盡，無法再動一步，就在一棵樹下躺了下來，此刻我才意識到珍貴的外衣不見了。苦惱之餘，我重振力氣，開始到處尋找那件寶貝；我四處徘徊了很長一段時間，最終還是徒勞無功。

由於疲勞再加上苦惱，我投進森林最黑暗的深處，在那兒停留了四小時，身心俱疲。最後，我厭倦了這可怕的孤獨，開始尋求出路。就在前進的時候，我看到了一位農夫——在我渴望得到援助的時候，結果就如願以償了。我大膽地走向他，問他如何前往城市，並向他抱怨說，我在森林中迷路了很長一段時間。

他很有禮貌地引導我走進大路，在那兒遇見了他的同伴，兩位同伴說他們尋遍了森林裡所有的小徑，但只發現了一件束腰外衣，說著就把外衣拿給這位農夫看。

你八成以為我會厚顏無恥地要回那件衣服，但是我並沒有那樣做。我感到更加地苦惱，為所失去的金塊多次發出呻吟。

當我抵達城市時，天色已經很晚了。我進入客棧，發現亞希托斯伸展著手腳躺在床上，整個人半死不活的。他沒有看到我身上的束腰外衣，心裡很不安，急切地要我拿出來。

我在稍微恢復力氣後才把整個不幸的過程告訴亞希托斯，但他卻認為我在開玩笑。即便我泣求的淚水如泉湧般狂落，再再證實了我的說法，他顯然還是不願相信，認為我不過是想私吞他的財物。我提醒亞希托斯，我們最該擔心的是我們身後的追趕聲，他卻不以為然，認為我們早就擺脫掉這個危機了。他相信我們十分安全，此處沒有任何人認識我們，也沒有人看到我們。

但我們都認為最好先暫時裝病，才有藉口保留房間較長的時間。可惜的是手邊的現金快用完了，我們只得比原定計畫更早離開，並且基於急迫的需要賣掉一些掠奪來的東西。

我們在黑夜即將來臨時前往市場，發現那兒出售著大量的貨物，並不是什麼有價值的商品，而是一些來源可疑、亟需藉由夜色掩護而脫手的東西。我們把偷來的斗篷拿到那兒，在一個安靜的地方展示出斗篷的一角，希望有買主會被這件漂亮的衣服所吸引。

不久，有一個面熟的鄉下人在一個年輕女人的陪伴下走近了，他開始仔細地檢視這件斗篷。亞希托斯一看到這個鄉下人的肩膀，立刻驚訝得說不出話來，我注意到這個鄉下人時，也免不了內心一陣懊惱。原來，他就是那個在森林中發現束腰外衣的農人，是的！就是他。亞希托斯無法相信自己的眼睛，於是他盡可能不做出輕率的舉動，慢慢地走向鄉下人，佯裝要買東西，然後小心翼翼的從農人肩上取下那件束腰外衣，仔細檢視著。

可真是幸運啊！舊束腰外衣完全引不起鄉下人的興趣，他沒仔細檢查衣服的縫邊，而是以一副無關緊要的模樣，打算出售這件衣服，在他看來，這不過是某個乞丐遺棄的東西罷了。

一旦看出我們的財物安全無恙，而賣主又是一個無足輕重的人之後，亞希托斯就把我從群眾之中拉到一旁，說道：「兄弟啊，看見了嗎？遺失的寶物又回來了！」亞斯托斯壓低了音量，「是我們的束腰外衣沒錯！金塊似乎還在，完全沒被動過。但是，我們該怎麼辦呢？要如何證明那是我們的東西呢？」

我非常高興，不僅是因為再度看到那件舊外衣，也因為自己終於得以擺脫亞希托斯的懷疑。我向亞希托斯表示，我們無須再拐彎抹角，應該立刻採取民事訴訟，強迫他依法把這件東西還給合法的主人——如果他拒絕自動歸還的話。

但是，亞希托斯並不贊成我的作法，因為他對法律有一種很自然的恐懼心理。「在這個地方，」他說，「有誰認識我們呢？有誰會相信我們說的話呢？我倒是強烈主張把這件東西買下來，既然我們已經找到它了，寧可花一筆小錢拿回來，也不要涉入訴訟中，誰能保證訴訟的結果會對我們有利呢？」

如果不義之財是至上的，如果貧窮總是錯誤的，
那麼我們的法律有何價值？
那位犬儒派的賢哲是一位嚴厲的道德家，
但他並不反對用自己的言語去換取黃金；
正義可以出售，並且由出價最高的人贏得，
不公正的法官支配腐敗的法庭。

啊呀！但除了原本打算用來買扁豆和豌豆的兩個銅錢之外，我們當時可說是兩手空空。我們擔心無法順利取回舊束腰外衣，於是決定低價將手中的斗篷脫手，讓一次交易的利潤補足另一次交易的損失。

於是，我們攤開打算出售的商品，沒想到，那個站在鄉下人身旁，用衣服緊緊裹著身體的女人，在仔細檢視過斗篷上的標識之後，忽然用雙手用力抓住縫邊，使勁地尖叫出聲：「抓小偷！抓小偷！」

雖然內心十分驚慌，我們仍舊大聲抗議以免被認為是默認罪行。我們抓住那件又破舊又骯髒的束腰外衣，憤恨地表示他們手上的束腰外衣是我們的，可惜我們的情況完全無法跟他們相提並論——對方聲稱失竊的，是一件非常有價值的斗篷，而我們的卻是一件幾乎不值得縫補的破衣服；很自然的，聞聲聚集而來的群眾開始取笑我們無的放矢。

亞希托斯逮到一個解釋的機會，於是他大聲喊出來，巧妙的壓制了群眾的嘲笑：「你們聽著，每個人都最愛自己的東西，就請他們把束腰外衣還給我們，我們就把斗篷還給他們。」

鄉下人和那個年輕女人都樂於做這樣的交換。然而，此時卻有兩名律師，或者該稱呼他們的真名——夜伏者，想要占有那件斗篷，他們要求把這兩件有爭議的東西交給他們保管，並由法官在隔天早晨問案，因為不僅必須調查兩件東西的所有權，還要處理另外一個問題：兩造都懷疑對方偷竊。

此時，旁觀者全都贊成扣押東西。人群中有一個禿了頭、臉上長滿面皰的人——平時是為律師做臨時工作——扣押了斗篷，說他明天會拿出來。但他真正的目的不言而喻，這幾個無賴一旦拿到這件斗篷，就可能會偷偷走私出去，而我們則必須擔驚受怕，唯恐在約定時間出現時，會被冠上偷竊之罪。

後來的進展正如我們所願，幸運之神實現了兩方的願望。鄉下人對於我們竟要求他交出一件破衣服感到很生氣，就朝著亞希托斯的臉把束腰外衣丟了過去，放棄自己的訴願，僅僅要求扣押那件斗篷作為唯一的訴訟物。我們拿回了寶物，就盡速衝回客棧門起房門，對我們的對手與群眾的「精明」表現大肆嘲笑了一番，他們竟然如此設想周到，把我們的財物還給我們！

正當我們在拆除大衣的縫線，要取出黃金時，卻聽到門外有人問客棧老闆：「剛剛那些走進客棧的是什麼人？」

我聽到後非常害怕，趁著那個人離開後下樓，想去看看是怎麼回事。原來那個人是執政官的侍從，負責調查那些寫在公眾紀錄簿上的陌生人。他看到兩個人進入客棧，但還沒有記下他們的名字，因此在探詢他們的國籍與職業，客棧老闆則立即提供了相關資訊。我認為這間客棧對我們而言並不是十分安全的地方，為了避免被逮捕，亞希托斯和我決定先離開這裡，等入夜之後再回來。我們即刻出發，留下吉頓處理晚餐事宜。

我們避開人們常出沒的街道，刻意走向較無人跡的地區。夜幕低垂時，我們在一個偏遠的地方遇見兩個衣著體面又長得好看的女人，於是慢慢地、悄悄地跟隨她們來到一間小神殿。她們走進神殿，可以聽到裡面傳來一種奇異的嗯哼聲，像是從洞穴深處發出來一樣。

好奇心驅使我們跟了進去，我們在神殿中看到很多打扮得像酒神女祭司的女人，每個人的右手都揮動著一個陽具像。我們只看到這一幕就被發現了，她們一看到我們便大聲喊叫，叫喊聲震動了神聖建築的圓屋頂；她們試圖抓住我們，但我們拚了命地逃回客棧。

才剛吃完吉頓準備的晚餐，門口便傳來急切的敲門聲。我們臉色蒼白地問：「誰啊？」一個聲音回答道：「你們打開門就知道了。」

我們還在爭論時，門閂便自動抖落了。門迅速地被打開，訪客走了進來，是一個包著頭巾的女人——就是不久前在市場時站在鄉下人身旁的那個女人！

「啊！哈！」她叫著說，「你們以為真的騙過了我嗎？我是闊蒂拉的女僕，你們剛剛打擾了闊蒂拉在洞穴前面的儀式。她現在來到客棧，要求跟你們講話。不要害怕，她並不是要來指控你們，也不想懲罰你們。她只是想知道，是什麼神祇把這樣有教養的年輕人引進她的地方。」

我們啞口無言，完全不知道該怎麼反應，就在此時，女主人自己進來了，有一個女孩隨侍在側。女主人在我們的睡椅上坐了下來，然後哭了很久。面對這種情況，我們完全說不出話來，只能驚訝地看著這種假裝悲傷而流淚的情景。

等迷人的淚水流乾之後，她把頭巾拉回去，遮住那高傲的五官，然後開始扭動著手，指頭的關節發出響聲。

「這樣魯莽的行為是什麼意思？」她叫著，「你們到底在什麼地方學會這種無賴的手法，厚顏無恥的程度甚至勝過小說中的主角？天啊！我可憐你們！因為不曾有人目睹禁忌的情景還能安然無恙。是的，我們這個地方是有很多神祇，見到一個神祇甚至比見到一個人更容易，但是，請不要認為我是來報復的，比起為你們對我的冒犯而生氣，我更動心於你們的年輕，我始終認為，你們是基於純然的無知才會做出如此褻瀆神聖、不可原諒的事。」

「昨天晚上我非常痛苦，在驚慌中顫抖著身體，唯恐隔日熱[1]會發作；我在睡夢中祈求解藥，結果神明指示我來找你們，要你們依循我夢中出現的方法來緩和我身體的嚴重不適。請你們相信，我所擔心的並不是自己的病情，讓我內心痛苦、幾乎絕望的是，我擔心你們這麼年輕、輕浮，可能會洩露你們在陽具之神[2]的神殿中所看到的事情，把神祇的忠告洩漏給一般人。所以我才來懇請你們，請求你們不要嘲笑我們在晚上所進行的儀式，不要隨意洩漏多年來的祕密——這個只有幾乎不到一千人知道的祕密。」

在提出這種懇切的請求後，她又哭了起來，激烈的啜泣聲顫動著她的身體，臉孔與胸部全都埋在我的睡椅中。

我既覺得同情又感到害怕，請她振作精神，不要擔心這兩件事。我告訴她說，我們之中沒有一個人會洩漏祕密。甚至，如果神祇有透露治癒隔日熱的特殊方法，我們也會盡力協助，完成神聖的旨意，就算危及自己的安全也在所不惜。

聽到這種承諾，這個女人看起來似乎高興了一些，她頻頻吻著我，終於破涕為笑，甚至用指頭將從我耳後掙脫開的髮絲向後梳平。

[1] 病名。根據瘧疾等疾病發作的週期，分為隔日熱、三日熱、惡性熱三種，隔日熱即每二十四小時發作一次。
[2] 指的是普里阿普斯，異於常人的巨大陽具就是他最大的特徵。

「我跟你和解，」她說，「撤消對你的控訴。但是，如果你不同意提供我所需要的治療，我明天會安排一群人，為我受到的不公待遇和榮譽報仇。

輕視是可恨的；我所愛的是力量，
讓它在我自己的地方和時辰發揮我的意志；
一個智者的輕蔑會讓最倔強的意志屈服，
最高貴的征服者是不去殺人的。」

然後，她拍擊雙手，忽然爆出一陣大笑，令我們感到十分驚慌。那個先進來的女僕也這樣做，陪著闊蒂拉進來的小女孩也跟著這麼做。

整個房間再度迴盪著她們做作的歡笑聲，我們對這種心情的突然轉變感到莫名其妙，只能站立在那兒，時而面面相覷，時而看著她們三人。

最後，闊蒂拉說：「我已經下了特別的命令，今天不准許任何人進入這間客棧，讓你們可以很順利地準備治療隔日熱的藥。」

面對這樣的宣告，亞希托斯站在那兒好一會，表情顯得十分驚駭；我則彷彿跌入冰窖，感覺比高盧的冬天更寒冷，久久說不出一句話來。

我相信應該不會有什麼不幸發生，畢竟我們有三個人，而她們只是三個弱女子，無法對我們做出什麼嚴重的攻擊——就算沒什麼男子氣概，好歹我們都是男的。無論如何，我們全都為隨時可能發生的衝突做好了準備，我甚至暗中決定好了每個人單挑的人選，如果真要打起來，我打算對付闊蒂拉，亞希托斯應付女僕，而吉頓則應付那個女孩。

就在陷入沉思的當中，闊蒂拉走向我，要我治好她的隔日熱，然而結果卻是枉然，她感到相當失望，生氣地衝出房子。

過了不久，她又再度回到客棧，還帶來幾位不知名的暴徒，他們把我們抓了起來，帶到一間豪華的宮殿。

IV

處在如此危險的情勢中，我們既詫異又恐慌，心情極度沮喪，彷彿被死神緊緊凝視著。

「小姐，我請求妳，」我叫著，「如果妳有什麼邪惡的意圖，就請立刻進行，好讓我們盡快解脫，我們沒有做出窮凶惡極的事情，不應被折磨至死。」

此時，那個叫賽琪的女僕小心地在大理石地板上鋪了一塊地毯，然後努力的挑逗我的陰莖，然而它卻毫無生氣地躺在那兒，彷彿是一千個死神使得它如此。

亞希托斯把自己的頭蒙在披風中，很顯然地，他從此次的教訓中學到，干涉別人的祕密是很危險的事。

賽琪從懷中取出兩條帶子，用其中一條綁住我們的手，另一條綁住我們的腳。我發現自己被綁了起來，於是抗議道：「妳的女主人用這種方法得到她想要的東西，是很不正當的行為！」

「好吧！」這位女僕回答，「那我還有別的對策，更穩當的對策。」

說完，她給了我一個盛滿春藥的酒杯，妙語如珠地說了很多有關春藥何其有效的神奇故事，好誘惑我將它全部喝掉。亞希托斯不久前才拒絕了賽琪的提議，於是她趁他不注意時，把剩餘的春藥倒在他背上。

等到她滔滔不絕地把故事說完，亞希托斯大聲抗議：「喂！難道我不配喝上一杯嗎？」

我笑出聲來，讓這個女孩有被出賣的感覺，她拍著手說道：「年輕人，我已經給過你了，剩下的都被你的朋友喝光了。」

闊蒂拉插嘴：「什麼？恩可皮烏斯喝完了我們所有的春藥？」她高興得捧腹大笑。

最後，連吉頓也壓抑不住快樂的心情，尤其是當那女孩用手臂圈抱他的頸子，對著毫不抗拒的他吻了一千次之多。

處在如此困境中，我們本該大聲求救，無奈的是，根本沒有任何人會聽到。每當我努力要呼叫我的同伴前來幫忙，賽琪就會用她的髮簪刺我的臉頰，其他女孩則用一根浸在春藥中的尖銳刷子威脅亞希托斯。

最後，一位孌童走了進來，他身上穿著一件栗色粗絨外衣，還佩著一條飾帶，時而扭動屁股碰撞我們，時而奉送我們氣味難聞的吻，直到握著鯨骨權杖的闊蒂拉撩起裙子，命令他饒了我們這三個可憐的人兒。於是，我們發了重誓，答應不把這個可怕的祕密散播出去。

接著出現了一群角力選手，他們使用獨特的運動用油在我們的身上來回塗擦，讓我們重振精神。我們不再感到疲倦，重新穿上脫下的餐服，被人領進旁邊的房間。睡椅已在那兒擺好，一切都準備就緒，正等著進行一場最豪華又高雅的盛宴。

他們要求我們就坐，宴會以一道美妙的開胃菜開始，費樂納斯酒像水一樣流動著，其他許多道菜色也緊接著送了上來。

就在我們都幾乎睡著時，闊蒂拉叫著說：「來！來！要是你們知道這個漫長的夜晚是陽具之神所賜，還會想要睡覺嗎？」

亞希托斯在經歷了這一切後顯得筋疲力盡，再也無法張開眼睛。趁他不醒人事地躺在那兒時，他輕視的那位女僕開始在他的臉上塗著條條的煙灰、在他的嘴上和肩上塗著顏色。

我也因為這些折磨而筋疲力盡，正在打盹；整個房子裡的人，無論在門內或門外，也跟我一樣在打盹。有些人在這些吃完飯的人四周懶散地伸開手腳，有一些人把身體靠在牆上，還有些人頭對著頭在門檻上打鼾。油燈上的油已經快要燃盡，只剩奄奄一息的微弱亮光。

此時有兩位敘利亞奴隸進入宴會房間，打算偷取一瓶酒；他們貪婪地爭奪這瓶酒，在銀器之中混戰著，而那瓶酒則在混亂中破裂成兩半。在同一個時刻，放著銀盤的桌子崩塌了，一個酒杯從高處掉落，擊中一位正筋疲力盡地躺在睡椅下面的女僕，結果害她的頭被酒杯砸破了。女僕的尖叫聲致使偷酒賊形跡敗露，也驚醒了一些喝醉酒的人。

兩個敘利亞人當場被發覺，他們馬上撲進一張睡椅中，開始打鼾，假裝自己已經睡了很長的時間。

此時，大管家醒了過來，為快要熄滅的燈添上燈油，其他奴隸則在稍微揉揉眼睛之後，重新回到崗位。不久之後，有一個敲鐃鈸的人走進來，以鐃鈸的撞擊聲驚醒了所有的人。於是宴會重新進行，闊蒂拉要求我們重新開始喧鬧的宴飲，鐃鈸的鏘鏘聲進一步刺激混亂的歡樂氣氛。此時出現了一名孌童，是人類中最愚蠢的一位，非常適合在這間房子出現。他拍擊雙手，先是呻吟了一聲，接著便滔滔不絕說出下面歡樂的語詞：

「有孌童癖的人，
受到飲宴的罪惡所詛咒；
愛柔軟大腿，
靈敏的手、淫蕩的嘆息的人，
來這兒，來這兒，來這兒，
他在這兒會看到
跟他一樣的粗魯野獸，
各種各類的色鬼！」

詩唸完後，他對著我的臉吐出一個惡臭的吻。不久，他爬上我躺著的睡椅，不顧我的抗拒，袒露我的身體。他花了很長的時間努力要讓我興奮起來，但卻沒有成功。他那發熱的額頭湧出汗水和樹膠狀的顏料，大量白粉填滿了他臉上的皺紋，你若是在場，可能會以為他的臉孔是一道倒塌的舊牆，灰泥在雨中剝落。

我再也忍不住眼淚，對這一切已厭惡到了極點。我叫了出來：「小姐，我問妳，這就是妳答應要給我的睡前飲料嗎？」

聽到我這樣說，闊蒂拉以優雅的姿態拍了拍手，大聲說：「哦，你這個聰明的男孩！你是多麼機智啊！當然，你不知道睡前飲料是變童的另一種稱呼嗎？」

為了不讓我的伙伴錯過他的那一份，我問她：「說真的，亞希托斯難道是這個房間中唯一一個可以休息的客人嗎？」

「哦？」她叫著說，「那麼，就讓亞希托斯也享有他的睡前飲料吧！」

這位變童聽從她的命令，開始改變獻殷勤的對象，他把注意力轉向我的朋友，在他的屁股下扭動著，以淫蕩的吻讓他窒息。

在此期間，吉頓一直站在一旁捧腹大笑。闊蒂拉看到他，帶著強烈的好奇心問道：「他是誰的小傢伙？」

我告訴她說：「他是我最喜歡的小伙子。」

「那麼，他為什麼沒有吻我？」她叫著說，然後把他叫到身邊，將嘴唇緊緊地湊到他唇上。接著，她的手滑到他的衣服下面，拉出他那件沒有用過的工具，說道：「明天，這將是一道很棒的開胃菜，可以刺激我們那不聽話的胃口。今天，『在吃了這樣美味的食物之後，我就不會想吃普通的魚了！』」

正當她這樣說時，賽琪笑著走近女主人，在她耳邊低語著。

「好的！好的！」闊蒂拉大聲說，「一流的主意！我們的小潘妮奇絲為何不該獻出童貞！這是一個絕妙的機會。」

她們立刻帶來一位非常美的小女孩，年紀大約不超過七歲，就是闊蒂拉第一次到我們客棧房間時，陪伴在她身旁的那一個小女孩。在一片喝采聲中，她們在眾人熱切的要求下開始著手進行結婚儀式的準備。

我嚇壞了，立刻開口：「吉頓是一個害羞的男孩，不適合做這類淫媾之事，再說了，潘妮奇絲還太年輕，無法承受女人必經的過程。」

「哎！」闊蒂拉說，「難道這個女孩有比我第一次獻給男人時更年輕嗎？如果我還在介意我擁有童貞的時期，那就讓眷顧我的天后朱諾遺棄我好了。我在小孩時代跟同年紀的小男孩鬼混，隨著歲月的推移，又跟年紀較大的小伙子混在一起，一直到我現在這個年紀。因此我才認為有下面這句格言的出現：『承載小牛的人也大可以承載公牛。』」

如果我不在場的話，我親愛的吉頓可能會陷入更大的困境中，於是我也站起來，幫忙準備結婚典禮。

此時，賽琪已經把新娘面紗披在小女孩的頭上。那位孌童也拿著火炬在前面大步前進，一長串喝醉酒的女人則跟在後面拍著手，她們已經在婚床上鋪了一條很棒的床單。眼前荒唐的有趣情景點燃了闊蒂拉的熱情，她從桌旁站起來，抓住吉頓，把他拉進寢室中。吉頓一點也沒有表示抗拒，小女孩對於結婚一詞也同樣沒有顯示出什麼恐懼或嫌惡之意。

不久之後，他們上了床，把門關起來，我們則在新房的門檻上坐下來。闊蒂拉透過門上那個為了不軌目的而準備的裂縫偷窺著，她一面用淫蕩的心情專心注視他們以童稚的模樣調情，一面輕輕把我拉到她身邊，享受同樣的溫存；我們的臉孔靠得很近，每隔一段時間，她就把嘴扭到一邊，輕觸我的嘴唇，以偷吻的方式占我便宜。

就在這件事進行當中，入口處忽然傳來一陣急促的砰砰聲。每個人都想知道這意外的干擾是怎麼一回事，我們看到一名士兵走進來，他是一個守夜的士兵，手中拿著抽出來的劍，四周圍著一群年輕人。這個士兵用兩隻充滿血絲的眼睛怒視四方，看起來趾高氣揚的。他很快就看到了闊蒂拉，叫嚷著說：「這裡是怎麼回事？妳這個放蕩的女人，竟敢說謊話愚弄我，說要跟我共度一夜！我告訴妳，妳無法逃過懲罰的，妳和妳的情人必須去招呼另一個男人。」

這個士兵的同袍們聽從他的命令，把闊蒂拉和我綁在一起，嘴對嘴，胸部對胸部，大腿對大腿。四周傳來陣陣笑聲，而那位孌童則在士兵的命令下，開始用發臭的嘴唇在我身上到處奉送可怕又可憎的吻，我無法逃避也無法阻止。

不久，他侵犯了我，在我的身上恣意而為。

此時，先前喝下的春藥開始騷動我體內的每根神經，於是開始精力旺盛地在闊蒂拉身上彈奏淫曲，她被我激得春情蕩漾，一點也不排斥這種遊戲。這種荒謬的情景讓年輕的士兵們爆出陣陣笑聲，他們看著邪惡的孌童騎在我身上，而我則幾乎不知道自己在做什麼，只能不由自主快速又瘋狂地迎向他，就像闊蒂拉在我身下一樣。

此時，年幼的潘妮奇絲由於不習慣愛的激情而叫出聲來，她痛苦又驚慌的叫聲被那士兵聽到了。可憐的女孩耽溺在初嚐性事時，那既疼痛又歡愉的快感中，而得意的吉頓則贏得了一場不流血的勝利。

那個士兵看到眼前的景象，心中非常興奮，於是衝向他們，時而抓住潘妮奇絲，時而抓住吉頓，時而把兩人環抱在他結實的手臂中。小女孩哭了出來，請求他可憐她年紀尚小，可惜她的哀求只是白費工夫，反倒讓士兵因為她的童稚魅力而更加興奮。最後，潘妮奇絲將一條面紗罩在臉上，認命地忍受命運帶來的不幸。

就在這危急的一刻，一個女人出現了。這個彷彿從天上掉下來的女人為潘妮奇絲解了圍，就是那天在我迷路時哄騙我的那個老女人。她衝進房子，發出高喊聲，說有一群強盜在附近遊蕩，而喜愛和平的公民求救無門，警衛在睡覺，或者忙著吃飯——總之就是不見人影。

這位士兵聽到她的話，內心很不安，立刻飛奔出去，他的同伴們也跟他一同跑出去，解除了潘妮奇絲的危機，也解除了我們所有人的恐懼。

此時，我早已被淫蕩的闊蒂拉搞得筋疲力盡，於是開始思索逃脫的方法。我把這個想法告訴亞希托斯，我這麼說讓他喜出望外，因為他也很想擺脫賽琪的糾纏。

要不是吉頓被鎖在寢室中，這件事情其實很容易辦到；我們希望帶走他，使他擺脫這些妓女的邪行。

正當我們焦慮地為這一點爭論時，潘妮奇絲突然從床上掉了下來，身體的重量把吉頓也拖了下來。吉頓沒有受傷，但稍稍撞到了潘妮奇絲的頭，潘妮奇絲的叫聲嚇得闊蒂拉連忙衝進房間查看，我們於是趁此機會逃走。我們沒有任何耽擱，全速奔回客棧，然後直接撲倒在床上，安全地度過了夜晚剩餘的時間。

第二天，我們偶然碰到了闊蒂拉的兩個伙伴，就是把我們綁架到她宮殿的那兩人。一看到這兩個無賴，亞希托斯勇猛地對其中一人發動攻擊，在毆打並重重地傷害對方後，又跑來幫我對抗另一個人，然而這個人非常剛猛，我們因此受了點輕傷，但他卻毫髮未傷地逃走了。

V

第三天來臨了，這是我們預定要到崔瑪奇歐家享受免費盛宴的日子。

由於身上有很多傷口，我們認為最好趕快回去善後，不要留在這個地方與無賴周旋。我們火速回到客棧，還好身上受到的都只是皮肉傷，於是我們躺在床上，用酒與油療傷。

然而當時還有另一位無賴躺在地上無法動彈，我們很怕會因此而再度被盯上。當我們正焦慮地爭論該用什麼方法逃離暴風時，亞加孟農的一名奴隸衝進我們祕密商討的地方，叫著說：「你們不記得今天要到誰家享樂嗎？是崔瑪奇歐家啊！他是一個非常高雅的人，他的餐廳裡有一個計時器，還有一名為了報時而特別雇用的喇叭手，好不斷地提醒崔瑪奇歐，他已度過了生命中的多少時辰。」

於是，我們忘記所有的煩惱，開始仔細地梳洗打扮，吩咐吉頓在洗澡的時候侍候我們——他一直樂於當僕人。

我們穿著赴盛會的衣服，開始四處漫步，藉著接近那一群又一群玩球的人來找樂子。在這些人們之中，我們注意到一個禿頭的老年人，穿著一件赤褐色的寬大外衣，正在跟一群長髮的男孩玩球。雖然這些男孩非常值得一看，然而吸引我們前來的並不是這些男孩，而是主人本身：他穿著涼鞋，打著綠球，一旦球碰到地板，他就不再彎腰去打，有一位隨從站在旁邊，拿著一袋球，只要打球的人有需要，他就把球給他們。

我們也注意到其他新奇的事情。有兩位閹人站在圈圈的兩邊，其中一位拿著一個銀便壺，另一位數著球，他數的不是落在地上的球，而是那些從一個人手中飛到另一個人手中的球。

我們正讚賞著這些高雅的遊戲時，梅尼勞斯跑了上來，說道：「看啊！他就是要跟你一起吃飯的男人。其實，這球戲只不過是娛樂的前奏曲……」

他話還沒有說完，崔瑪奇歐就開始彈手指，一看到這個信號，那個閹人就把便壺遞上前來，過程中，崔瑪奇歐並沒有停止打球。小解完之後，他命人拿水給他，接著把雙手放入一盆水中浸了一會兒，然後在一個小伙子的頭上把手擦乾。

我們沒有時間注意每個細節，就那樣進入浴場，在蒸汽室中先待了一段時間後，便立刻轉進冷水浴室。有人正在幫全身擦著潤滑油的崔瑪奇歐按摩身體，然而，那個人用的不是普通的毛巾，而是最柔軟、最高級的毛毯。同時，有三位澡堂醫師在他面前大喝費樂納斯酒，這三個人一面喝酒一面爭吵，手中大部分的酒都灑了出來，崔瑪奇歐見狀，便出聲表示這三個人在特意為他進行獻酒儀式。

不久，有人用一條深紅色飾帶把崔瑪奇歐包起來，放置在一個轎子中，前面有四個穿著華服的僕役抬著轎子，此外還有一張輪椅，由他最喜愛的人兒坐著——也是一個矮小的男人，看起來雖然很老，其實是個年輕人，這個人的雙眼佈滿血絲，看起來比主人更醜。

崔瑪奇歐被抬著走時，一位樂師出現在他身旁，拿著兩隻小笛子對他吹著柔和的音樂，彷彿在他耳中低語著祕密。我們跟著行列前進，內心充滿驚奇的感覺，在亞加孟農到達外門的同時，我們也到達了一根柱子那兒，柱子上懸掛著一個牌子，刻著以下文字：

任何奴隸
出外若不經
主人允許
挨打一百下

看門人就站在玄關裡面，他穿著綠色衣服，佩上櫻桃色的飾帶，正忙著在一個銀盤中揀豌豆。門檻的上方掛著一個金鳥籠，裡面有一隻黑白相間的喜鵲，每當有訪客進來，喜鵲就會發出致意的叫聲。

正當我凝視著眼前的美景時，一個新發現讓我險些向後栽了個跟斗、跌斷了腿。原來在入口的左手邊，離門房不遠處的牆上，畫著一隻被鍊著的巨犬，上面以大寫字母寫著：「小心狗！小心狗！」

我的同伴取笑我，但我不久就恢復了膽量，開始檢視牆上的其他繪畫。其中一幅畫上畫著一座奴隸市場，男性奴隸站著，頸子上有標籤；另一幅則畫著崔瑪奇歐本人，留著長頭髮，手中拿著一隻雙蛇杖，由米妮娃引導，正要進入羅馬。

在較遠處，靈巧的畫家畫著崔瑪奇歐在學習會計，然後是他不久之後成為國家的管帳人員，每個事件都藉由底下的文字清楚地說明出來。最後是信使之神麥丘里在柱廊的終端抬起了這位傑出人物的下巴，把他安置在法庭最高的座位上。幸運之神站在一旁，拿著豐饒之角，另外則有三位命運之神用一根金線在編織著他的命運。

我也在畫中的柱廊注意到一群僕役在教練的指導下跑步；我甚至在一個角落看到一間很大的軍械庫，裡面有一個神龕，排列著銀製的守護神，還有一個大理石製的維納斯雕像，以及一個體積很大的金盒，據說裡面保存著崔瑪奇歐最初長出來的鬍子。

此時，我問廳堂的主人：「門廊中那些壁畫的主題是什麼？」

「伊里亞德與奧德賽，」他回答，「你左邊是雷拿斯所提供的角鬥士打鬥情景。」

我們沒有機會仔細檢視為數眾多的畫作，因為此刻我們已經到達宴會廳堂，房子的管家正坐在外門旁記帳。但最讓我驚奇的事情是，我注意到房間的門柱上安置著束棒和斧頭[1]，下方的盡頭是一件裝飾品，很像一艘船的銅製船首，上面刻著如下的文字：

獻給祭司

[1] 束棒（fasces），音譯為「法西斯」，是以紅束帶將一根或多根木棍與斧頭捆綁在一起，在古羅馬為權力和威信的象徵。

蓋烏斯・龐培斯・崔瑪奇歐
以及他的司庫辛納穆斯

這些文字下面掛著一盞散發兩道亮光的燈，從圓頂處垂下來。另外有兩個牌子繫在門柱上，如果我沒記錯，一個牌子刻著以下文字：

十二月三十日與三月十一日
我們的主人蓋烏斯在外面吃飯

另有一個牌子指出月亮以及七個行星的盈虧，並用醒目的大頭釘標示出吉祥與不祥的日子。我們看膩了這些美景，正要踏進宴會廳的入口時，卻聽到一名被安置在那兒的奴隸叫出聲：

「右腳先！」

我們很自然地猶豫了一下，唯恐當中有人會違反規定。就在我們踏出右腿成排前進時，一名沒有穿外衣的奴隸撲倒在我們腳前，求我們讓他能免去犯錯所受到的懲罰。其實他犯的錯並不嚴重，他負責在長官洗澡時替他看管衣服，結果衣服被偷——最多罰十個銅幣。

我們於是轉身——仍然是右腳在前面，走近這位長官，他正在廳堂中數著金子。我們請求他原諒那個可憐的人兒。他很高傲地抬起頭，說道：「我生氣的並不是我丟了東西，而是這個無賴很不小心。他遺失了我的餐服，那是一個食客送給我的生日禮物，我可以告訴你們，是真正的古泰爾紫色，雖然只染過一次顏色。不過，好吧！看在你們的份上，我就原諒這個犯錯的人。」

我們深深感激他賜給我們如此非凡的恩寵，回到宴會廳時，我們遇到那位要我們代為說情的奴隸，他對我們大肆親吻，一再感謝我們的人道表現。

「真的，」他叫著說，「你們很快就會知道你們所幫助的人是誰了；主人的酒是斟酒人的感恩獻禮。」

好啦，我們終於就座了。亞歷山卓的奴童在我們的手上倒出雪水，其他人接替而上，以極為靈巧的手法洗滌我們的腳、清洗我們的腳趾甲。奴童們並不是沉默無語地做著這種不愉快的工作，而是一面工作一面唱歌。我很想試試是否在場的所有奴僕都會唱歌，於是開口要求喝一杯酒，一位侍者立刻來到我身邊，他倒出酒來，並伴隨以同樣的尖銳歌聲。無論要求什麼，情況都是如此，你很有理由認為自己置身在一群演員中，而不是坐在一位體面男人的宴會餐桌旁。

僕役們以高雅的方式端出第一道菜，此時，所有的人都已坐在桌旁，但崔瑪奇歐除外。第一個位置仍為他保留著──以往他應該早就坐在首位上了，但今天的安排卻與平常的慣例相反。在其他的開胃品之中，立著一隻柯林斯銅製小驢，馱鞍上掛著橄欖，一邊是白橄欖，另一邊則是黑橄欖。這隻驢的左邊與右邊都是銀碟，邊緣刻著崔瑪奇歐的名字以及銀碟的重量。在形狀像橋樑的拱門上則有冬眠鼠，點綴著蜂蜜與罌粟種子。還有香腸在銀烤架上燻得熱熱的，下面則鋪著敘利亞梅子與石榴種子以模仿煤炭。

正當我們置身在這些高雅的小玩意中時，崔瑪奇歐在眾人的簇擁之下，配合著音樂節奏進場了，他被安置在很多的小坐墊中——有一兩位不謹慎的客人看到這種情景後竟笑了出來。這也難怪，崔瑪奇歐的禿頭從一件深紅的披風中突出來，脖子被密密實實的包著，最外面則是一條餐巾，上面有寬闊的紫色條紋或飾帶[2]，長長的緣飾從兩邊垂下來。除此之外，他的左小指戴著一枚鑲銀的大戒指，無名指的最後一個關節上戴著一枚較小的戒指，顯然是純金的，但表面上飾以星狀的小小銅製裝飾品。不止如此！為了表示他豪華的行頭不止於此，他赤裸的左臂還戴著一個金手鐲和一個象牙小環，上面有一個閃亮的釦子將兩者結合在一起。

他用一根銀牙籤剔了剔牙，開始說話：「朋友們，我其實不想這麼早來進餐，但是為了不讓你們久等，我只好忍痛放棄我自己的娛樂。然而，可否請你們允許我完成我的棋戲呢？」

有一名奴隸跟著他走進來，拿著一個篤耨香木棋盤，上面有水晶製成的骰子。我注意到另一件很特別的精巧玩意兒，崔瑪奇歐用金牌和銀牌來取代普通的黑白色棋子。他努力說出一堆蹩腳棋手的用語，而我們則自顧自的吃著開胃菜。

此時，一道菜端了進來，上面有一個籃子，裡面有一隻木製母雞，翅膀在四周展開，看起來似乎是坐著。接著兩名奴隸立刻走了上來，隨著生動的音樂開始在木雞下面的稻草中翻找，他們拿出很多孔雀蛋，一個接著一個，傳過去給大家看。

崔瑪奇歐把頭轉向木雞說：「朋友們，是我命令他們把母雞放在那些孔雀蛋上的；但是，天啊！我很擔心蛋已經孵了一半。不過，我們還是可以試試蛋還能不能吃。」

---

[2] 古羅馬束腰外衣前通常會有寬闊紫色條紋設計或飾帶，代表著元老院議員或貴族等身分，類似的設計也會在桌巾、餐巾、其他服飾、盤飾等出現。

我們拿起重量至少半磅的湯匙，戳破用麵糊做成的蛋。我好像看到裡面有一隻小雞，正想把蛋丟棄時，卻偷聽到一個熟客說：「這兒應該有好東西！」

我進一步檢視蛋殼，發現一隻肥胖的小小鳴禽在調配以胡椒的蛋黃中游動著。

此時崔瑪奇歐不再下棋，被扶到我們面前的菜餚那兒。他以一種很高的聲音宣稱，只要有人想喝第二杯蜂蜜酒，就儘管開口。忽然，樂隊那兒出現了一個手勢，一群奴隸把開胃酒迅速拿走，開始同聲唱歌。混亂中，一個銀盤剛好掉下來，一名奴隸從地板上撿起來。崔瑪奇歐注意到此事，打了這名奴隸的耳光，狠狠斥責了他一番，命令他再把盤子丟到地上。之後，進來了一名侍者，用掃帚掃走銀盤及其他垃圾。

接著是兩個長髮的衣索比亞人，拿著小小的皮袋，像是在圓形劇場中負責用水將沙地潑濕的人。他們把酒倒在我們的手上——在這裡，似乎沒有人想到要提供水給客人。

等我們熱烈地讚美完這種精巧的噱頭之後，主人大喊出來：「公平的待遇是很寶貴的！」於是他下令給每個客人一張分開的桌子，開口說：「這樣子就不會那麼擁擠了，那些發臭的僕人也不會讓我們感到那麼熱。」

此時，很多玻璃瓶裝的酒端了進來，瓶口用石膏小心地塞著，瓶頸上繫著的標籤寫著：

費樂納斯酒；

百年歷史的歐皮米烏斯葡萄酒。

我們正在看著標籤時，崔瑪奇歐突然拍擊著手掌叫出來：「啊呀！想想看，酒的生命比可憐的人類還長呢！嗯！那麼斟滿吧！酒中有生命。我保證，這是真正的歐皮米烏斯葡萄酒。我昨天可沒拿出這麼好的酒，雖然昨天跟我吃飯的人遠遠勝過你們。」

於是我們喝酒，說出美好的言詞來讚美所有的奢侈品。然後，奴隸拿來一個銀製骷髏，這具骷髏很精巧地安裝上活動關節，連脊椎骨都會動——能朝任何方向轉動。崔瑪奇歐把這件東西丟在桌子上一兩次，讓關節鬆弛的肢體呈現出各種姿勢，然後他說出了一些有深意的話：

「啊呀！我們比虛無更虛無；
生命線很脆弱，我們的日子苦短！
現在如此，將來也將全是如此；
趁還可以的時候喝酒作樂吧！」

VI

我們的喝采聲被第二道菜打斷，雖然第二道菜並不符合我們的期望，但新奇的東西還是吸引了所有人的目光。一個巨大的圓盤上，沿著盤緣裝飾著代表十二星座的圖像，廚師在每個圖像上放了與主題相呼應的食物：

在白羊座上放置豌豆，在金牛座上放置一片牛肉，在雙子座上放置炸睪丸和腰子，巨蟹座上只放置了一頂王冠，獅子座上放置非洲無花果，在處女座上放置母豬的內臟，在天秤座上放置一個天秤，一邊是果餡糕點，另一邊是酪餅；在天蠍座上放置一點小海魚；在射手座上放置了一個靶心；在魔羯座上放置一隻龍蝦；在水瓶座上放置一隻野鵝；在雙魚座上放置兩隻烏魚。中間是一片綠色草皮，剪成一種形狀，支撐著一個蜂巢。同時，一位埃及奴隸提著一小小銀爐的麵包到處走動，以一種可怕的聲音自顧自地哼著一首讚美酒與色的歌。

崔瑪奇歐看到我們對這道莫名其妙的菜色露出了茫然的神色，便叫著說：「各位男士，請開始吧！最好的菜餚就在你們面前。」

他一說完，有四個人隨著樂聲洋洋得意地跑進來，他們迅速地打開盤子的頂端，我們在頂蓋下方——也就是在第二個盤子上看到了塞閹雞和一隻母豬的奶頭，中心的裝飾則是一隻兔子，兔子還加上了翅膀，象徵著飛馬。除此之外，我們還注意到四個河神瑪斯雅斯的圖像，盤子的每個角落各一個，都提著小酒囊，把胡椒魚醬倒在那些在碟子的水道中游動的魚上方。

在傭人開始喝采後，我們全都跟著一起喝采，笑意盎然地開始享用這些精選佳餚。崔瑪奇歐跟其他人一樣，對這種手法感到很滿意，他喊道：「切！」

切肉的人立刻走上前來，隨著音樂做出各種姿勢，以巧妙的手法切開關節，你會以為他是一名賽馬師，和著風琴那如雷般的聲音拚命駕著馬車奔馳。然而，崔瑪奇歐卻一直不斷以一種誘哄的聲音重複說著：「切！切！」

我心中暗想，他如此不斷重複這個字，想必有什麼巧妙的戲弄意味，於是我毫不猶豫地問了我身旁的客人。這個客人已經看慣了類似的場景，立刻告訴我：「你看到那個正在切肉的人，他的名字就叫做『切』。主人叫他名字的同時，也是在對他下指令。」

我再也吃不下了，於是轉向鄰座的人，想要多了解一些資訊。在閒聊了一陣子後，我問他：「那個女人在那邊的房間跑來跑去，她是誰啊？」

「崔瑪奇歐的妻子，」他回答說，「她名叫佛楚娜妲，她數著硬幣，一袋接一袋！你說以前嗎？她以前做什麼？哎！先生，請原諒我這樣說，由於職業的緣故，從前光是從她手中取得麵包都會讓你感到非常後悔；如今她已經一步登天，還成了崔瑪奇歐的家務總管。事實上，如果她在中午跟崔瑪奇歐說現在是晚上，他也會相信。身為一個在財富中打滾的男人，他根本搞不清楚自己擁有什麼，又有什麼還沒得到。然而，他的好妻子把一切照管得好好的，連你最意想不到的地方都難逃她的掌理。她很節制、嚴肅又謹慎，但是她說話很刻薄，一喋喋不休起來就像床帳中吱吱喳喳的喜鵲。當她喜歡一個男人時，她就是喜歡，而當她不喜歡時……嗯，她就是不喜歡。

至於崔瑪奇歐，他的土地延伸到任何一個風箏飛得到的地方，也因此而得以錢滾錢、利生利。我告訴你，他放在門房中閒著的錢，比一個人全部的財產還多！至於奴隸呢，嗯……滿坑滿谷！多到我不相信十個奴隸中，會有一個能夠認出他來。儘管如此，只要他說上一句話，就可以把任何一個奴隸送進最近的老鼠洞。

他從不需購買任何東西，一切有生命的東西都出自他家中所產——羊毛、松香、胡椒；就算你要他供應母雞的奶，他也有辦法做出來。他的羊毛本來不是第一流的，但是他到塔倫騰買公羊，改良了品種。為了享有自製的阿提克蜂蜜，他甚至直接從雅典輸入蜜蜂，希望藉由與希臘蜜蜂交配來改良本地的蜜蜂。前天他才寫信到印度要求香菇種子呢！他的每一隻騾都是由野驢產下的，你看到所有這些座墊，每一個都塞著最精緻的羊毛，紫色或深紅色的，視情況而定。可真是幸運的狗，幸運的狗啊！

你要注意，不要輕視其他的自由民，也就是他的伙伴們，他們是很熱情的人。看見了嗎？那個躺在最後一張睡椅那邊的人，他現在的價碼值八十萬！他是一個白手起家的人，以前他都用肩膀挑木柴。他們對我說了一件事，有幾分真實我是不得而知啦！但他們確實是這樣說的，他們說，他取走一頂妖怪的帽子，發現了一筆財富。我並不羨慕任何人的財富——無論上帝賜給了他什麼。即便已擁有一筆財富，他仍然願意為了錢挨一個耳光，也密切留意著任何一個發財的機會。前天他才在自己的房子貼上這張公告：

C．龐培斯．狄奧真尼斯

自己買了這間房子

準備從七月一日出租閣樓」

「那麼，坐在那邊那位，那個占有一個自由民身分的人，他是個什麼樣子的人呢？他本來很富有嗎？」

「我不想說他的壞話，他以前擁有整整一百萬，但他的下場很可悲。我猜，他的每根頭髮都被抵押了。他並沒有做錯任何事，不曾有任何人表現得比他更棒，但是他那些無賴的自由民騙走了他的一切。我告訴你吧，當象徵好客的鍋子不再沸騰，風水輪流轉了之後，很快地，朋友們就會所剩無多了。」

「他本來從事什麼工作，後來才變成這樣子？」

「他從前是個承辦葬禮的人，習慣吃得像國王那樣奢華——酥殼豬、各種糕餅、豐富的野味，無止境的廚師、糕餅廚子……他濺到桌子底下的酒甚至比酒窖中存放的還要多。那不是凡人的生活，簡直就是一場幻夢！後來，他的財務狀況變得岌岌可危，雖然很擔心債主們會發現他陷入財務危機，但他還是決定刊登拍賣公告：

C・朱利阿斯・普羅克魯斯
將拍賣各種各類
多餘的家具」

這段令人愉悅的閒談被崔瑪奇歐打斷，此時，第二道菜已經端走，那些興高采烈喝著酒的人開始談起別的話題。

我們的主人用手肘支撐身體，對大家說道：「我希望你們全都飽飲了這種酒，你們必須讓魚兒再度游動。來，來，你們以為讓你們看到盤子下面的菜我就滿足了嗎？『難道我們不能更加了解尤里西斯[1]嗎』？是的，就算是在吃飯的時候，我們也不能忘記自己的學問，願從前贊助我的那位高尚人物屍骨得以安寧，他很樂於讓我成為人中之人。我從來不會叫人拿出我搞不懂的新奇玩意兒，就拿剛才那道菜來說好了，我可以輕易的向各位解釋它所代表的意義：

十二名神祇棲息在天上，會演變成十二種不同形態，現在是演變成白羊座。凡是在這個星座底下誕生的人，都會擁有很多羊群和牛畜，以及很多羊毛，還有很堅硬的頭、很厚的臉皮以及尖銳的角。你們當中，絕大多數的學者和訟棍，都是在這個星座底下出生的。」

[1] 特洛伊戰爭中，代表希臘聯軍的英雄人物，在回家的途中因冒犯了海神而遭遇海難，他憑著過人的機智與勇氣，克服種種磨難，最終返家與妻子團聚。

我們對這位博學闡述者豐富美妙的學識盛讚不絕，他則繼續補充說：「接著，金牛座會出現在天空，生下倔強的人兒、牧牛者和那些只想著要填飽肚子的人。在雙子座下，會誕生成對的馬匹、牛軛下的公牛、天生有一對堅韌睪丸的人與兩性通吃的人。

我自己是在巨蟹座下誕生的，因此我有很多腳可以站立，在海上和陸地上都有很多財產，因為巨蟹座可以適應這兩種環境，因此，我沒有在巨蟹座上放置任何食物，以免我的星座失色。在獅子座下會誕生大胃王、揮霍者，以及喜歡作威作福的人；在處女座下會誕生女孩子氣的人、逃亡者、慣犯；在天秤座下會誕生屠夫、賣香水的人以及從事零售生意的人；在天蠍座下會誕生下毒和割喉的人；在射手座下會誕生斜眼的人，他們看著蔬菜，卻突然拿起燻肉；在魔羯座下會誕生辛苦工作以致手腳起繭的人；在水瓶座下會誕生經營客棧的人和愚蠢的人；在雙魚座下會誕生不錯的廚子和很會說話的人。

這個世界就像磨臼般運轉著，永遠會有意料之外的事出現——無論它成就了人類，或是糟蹋了人類。至於你們在中間所看到的草皮，以及頂端的蜂巢，我也可以說出很好的理由。在中間的就是大地之母，一如一顆圓形的蛋，裡面充滿了各種好東西，就像蜂巢一樣。」

「巧妙！巧妙！」我們同聲叫好，兩手伸向天花板，發誓說，就連名人希巴楚斯與阿雷特斯也無法與他同日而語。

我們不停的叫好，直到新的僕人走了進來，在睡椅前鋪上毯子。毯子上繡有圖像，包括捕鳥網、獵人和他們狩獵用的長矛，以及各種運動器材。

在我們都還搞不清楚會有什麼情況出現時，門外突然傳來一陣驚人的吠叫聲，一群拉可尼亞狗在餐桌四周奔跑著。接著，另一個巨大的盤子出現了，上頭盛著一隻巨大的野豬，頭上戴著一頂帽子，長牙上掛著由棕櫚葉編織而成的兩個小籃子，一個裝滿敘利亞棗子，另一個裝滿示巴棗子。野豬的四周是一些蜜餞烤小豬，做成吸奶的模樣，代表我們看到的是一隻母豬。這些都是要給客人帶回家的禮物。

然而，這一次要切這道食物的人並不是那個切閹雞的人——那個名為「切」的朋友，而是一個留著鬍子的大塊頭，綁著綁腿，穿著粗毛束腰外衣。他抽出狩獵小刀，用力一戳，切開野豬的側腹，有很多隻鶇鳥從野豬的肚子裡飛了出來。捕鳥的人站在那兒，準備好木竿，當鳥兒在餐桌四周振翅時，便立刻抓住牠們。

崔瑪奇歐下令將捕到的鳥送給每個客人，然後他補充說：「看看這隻森林野豬吃了什麼高貴的橡實。」

立刻有奴隸跑到那兩個掛在長牙上的籃子，把兩種棗子平分給吃飯的客人。

其間，我稍微坐遠了一點，開始用上千種可能性試著解釋在野豬頭上戴帽子的理由。在猜盡各種荒謬的可能後，我決定請那位哲學家兼朋友的賓客，為我說明這個令人苦惱的難題。

「哎！」他說，「你自己的僕人就可以告訴你了。謎嗎？其實再明白不過了。這隻野豬在昨天的宴會中被賜予自由；牠在宴會結束時出現，結果大家饒了牠。因此，牠今天以自由民的身分回到餐桌。」

我責備自己的愚蠢，決心不再問問題，免得他們以為我未曾跟高貴的人吃過飯。

我們還在談話時，一個英俊的男孩走了進來，頭上裝飾著葡萄葉和長春籐，他自稱是布羅繆斯，不久後又說自己是李爾由斯和爾佛斯。他開始把小籃子中的葡萄分給大家，以尖銳的聲音朗誦他主人所寫的詩。

崔瑪奇歐聽到聲音便立刻轉身，他說：「狄奧尼斯，請成為自由吧！」

這個男孩抓起野豬頭上的帽子，戴在自己頭上。

崔瑪奇歐繼續叫著說：「嗯！你無法否認，我有自己一個生而自由的父親[2]。」

我們讚揚崔瑪奇歐的玩笑，衷心親吻這個幸運的男孩，他穿梭在人群之中，接受每一位賓客的恭賀。

[2] 布羅繆斯、李爾由斯、爾佛斯、狄奧尼斯、自由皆為酒神的名字。

VIII

這道菜吃完之後，崔瑪奇歐離開餐桌去方便。少了專橫的主人帶來的拘束感，我們開始了親切而和善的交談。

達瑪在要了一杯酒後開始說話，他大聲說：「一天，一天算什麼？你還來不及轉身，夜晚就來臨了！所以，你最好從床上直接走到餐桌。天氣始終很寒冷，唉，連洗個熱水澡也沒辦法使我感到溫暖；然而，熱酒確實是最好的衣服，我不停喝著盛滿酒杯的酒，喝到整個人醉醺醺的，讓酒精沖昏了我的頭。」

接著，色留克斯開始說話了。「我並沒有每天洗澡，」他說，「固定幫我洗澡的人只不過是一個做漂洗工作的人。水就像長了牙齒一樣，侵蝕著人心，每天啃蝕一點點。但是，看著，一旦我用一杯溫熱的酒強化肚子，我就能對寒氣說：『去死！』其實，我今天不能洗澡，因為我才剛參加了一個人的葬禮，這個人也是一個好人，是善良的老克利桑色斯人，但他現在已經翹辮子了。剛剛他還在叫我的名字，不過是剛才的事情而已，我甚至還能想像自己在跟他說話呢！唉呀，唉呀，我們是什麼啊？只不過是吹脹的囊袋加上了兩隻腿，我們甚至還不如蒼蠅！蒼蠅還有一點用，但我們卻比氣泡好不到哪裡去。」

「他沒有留心自己的飲食嗎？」

「我告訴你，他有整整五天沒喝一滴水、沒吃一片麵包，無論如何，他已經上西天了。是醫生要了他的命，或者應該說是他自己氣數已盡，就算是最好的醫生，也只懂得滿足人們的心。無論如何，他的葬禮十分隆重，躺在最好的床上，蓋著上好的毯子，就連喪禮上的哭號聲都是第一流的——畢竟他在去世之前釋放了一些奴隸。不過，他妻子的眼淚倒是有些勉強，虧他對她那麼好，女人啊，女人都貪得無厭！男人不應該對她們那麼好，還不如立刻把她們投進井中。愛情一旦久了，就會成為一種腐蝕性的傷痛！」

他愈說愈疲倦，此時，菲雷洛斯插話說：「讓我們談談活著的人吧！無論是好是壞，你所說的那個人已經得到了他應得的。他生前和死時都過得很不錯，還有什麼好抱怨的呢？他開始時幾乎一無所有，一直到人生的最後都還想用牙齒從糞堆裡扒啄出一點點東西，哪怕只是一毛錢。他就是這樣，像蜂巢一樣慢慢坐大。我認為，他身後留下了整整一億的財產，而且全是現金。

不過呢，我會把真正的事實告訴你，因為我就是真相的化身。他這個人言語粗暴，但口齒伶俐，經常與人爭吵。他的弟弟是很不錯的人，是個真正的朋友，樂於幫助別人，慷慨地請人吃飯。剛開始時，他的運氣很不好，然而初次的葡萄收成使得他有了基礎，因為他自定高價出售自己所釀的酒。但是，讓他在這個世界中抬起頭的主要關鍵是他繼承的遺產，他從當中竊取了比原本預定要給他的更多。而那個笨克利桑色斯人卻因為跟弟弟吵架，把所有的財產留給一個連我也不認識的地痞了。

我說啊，如果一個人離棄了自己的親人，那就太過分了。他有許多聰明又喜歡干涉他的僕人，結果毀了他。一個人，特別是一個做生意的人，如果輕易相信別人的話，就永遠無法把事情做好。我們可以公正地說，他這一生都做得夠好了，也得到了本來不屬於他的東西，這顯然是幸運之神的眷顧——在幸運之神手中，就連鉛塊都會變黃金。一切都那麼容易，完全按照他的想法順利進行。你想想看，他死時是幾歲呢？七十多歲。但他卻相當強壯，勇敢地面對歲月，頭髮黑得像烏鴉。早在他過著放蕩的生活時我就認識他了，一直到死時他都是一個很色的人，老實說，我不認為他會放過屋裡任何一個有生命的東西，甚至對狗也是如此。他很喜歡年輕的小伙子，是一個很有才能和品味的人，我並不怪他，這些是他在這個世界所能享受的一切。」

菲雷洛斯說到這兒，接著甘尼梅德開始說道：「是的！你所說的話雖然跟天堂或塵世無關，但就是沒有人想到那種降臨在我們身上的饑荒之苦。我發誓，我今天一口麵包都沒吃到。乾旱持續著，到現在為止，人們已整整挨餓了十二個月。官吏真可惡，他們與做麵包的人勾結——『你搔我背上的癢，我就搔你背上的癢。』窮人受苦，因為富人整年都在吃豐盛的食物。唉！但願我們擁有我當初從亞洲來時在這兒所看到的那些勇敢人兒，那才是人生，就像豐盛的西西里內陸。那些勇敢的人兒把那群吸血鬼打得到處流竄，連天帝朱比特都憎恨他們。

唉！我還記得沙菲紐斯，在我還是個男孩的時候，他住在老拱門那裡。我告訴你，他是胡椒子，不是人，無論他走到什麼地方，腳下的土地都會發煙。他是一個正直、率直又誠實的人，是一個可以信任的人，是可以在黑暗中與他玩猜拳的人。但在法庭中，他把他們全都擊倒，全部的人！他講話時不使用詞藻，而是直截了當的說出來。每當他在演講壇中申辯時，聲音就會宏亮得像小喇叭似的，但他卻不曾緊張不安，也不會口出惡言。

我相信他應該有一點亞洲人血統，他是多麼有禮貌啊！我們向他鞠躬，他也會禮尚往來，並且叫出每個人的名字，彷彿他是我們的一份子。在那些日子裡，所有的東西都非常便宜，你買半便士的麵包，得找另一個人分著吃才能吃得完呢！然而現在，連只比小公牛眼睛大的麵包都看不到了。

唉呀，唉呀！每天的情況愈來愈糟，我們的這個城市就像牛尾一樣——倒著長。為什麼我們的官吏那麼賤？他只看重半便士，卻不看重我們所有人的性命。他坐在家中，滿意的搓著雙手，他一天之中所得到的錢財，比一個人一生的財富還要多。我知道，他有一次做了一樁生意，賺進了一千銀幣。唉！如果我們能比去勢的人爭氣點，他就不會一直那麼志得意滿了。現在的人在家裡是獅子，在外面是狐狸。

至於我，我為了食物賣掉了所有的舊衣服，如果匱乏的情況持續下去，我就得出售房子了。如果神祇和人都不同情這座不幸的城市，我們又會變得如何呢？我認為這一切都是天神的作為，因為不再有人相信天堂、沒有人禁食、也沒有人對天帝朱比特有一點點敬畏，所有的人都閉起眼睛，數著自己的財物。從前，穿著長袍的婦女們赤著腳、未紮起的髮絲飄揚，還擁有一顆純潔的心，她們上山向朱比特祈雨，天上立刻就下起傾盆大雨——千載難逢啊——她們回來時全都看起來像溺水的老鼠。如今，神祇暗中毀滅我們，因為我們不虔誠，連田地都荒廢了……」

此時，穿著破舊衣服的伊奇恩叫喊了起來：「我求你說出比較中聽的話！運氣是時常在改變的，正如那個鄉下人在失去他的斑紋豬時所說的：『若不是今天發生，那也會是在明天發生。』世事就是如此。唉，光只比較當中的居民，你並無法說出哪一個鄉下比這裡更好。是的，我們此刻是陷在困境中，但我們並不是唯一陷在困境中的人，我們不能如此過分地苛求，我們全都頂著同樣的天空。如果你住在別的地方，你會以為，我們這兒有豬滿街跑，可以隨時烤來吃呢！

我告訴你，從現在算起的三天，喜慶中將會有莊嚴的場面出現，不是那些常見的角鬥士，而是很多的自由民。我們那位善良的提圖斯擁有高貴的感情與高度的理智：不是行動就是死亡，沒有寬恕。我為他服務，我很清楚他不會逃避！他將會擁有最佳的利劍，不會知難而退，競技場中央將會有格鬥後流著血的肉，讓競技場的人盡情觀看。

提圖斯擁有資金，他在可憐的父親去世後繼承了三千萬。就算他花掉四十萬，財產也不會受到絲毫影響，他的名字將永垂不朽。他擁有很多小馬，擁有一位駕馭馬車作戰的女人，還擁有格利可的代理人——這位代理人在與格利可的情婦偷歡時被逮到。你會發現，醋勁大發的丈夫與這對快樂偷歡的戀人吵起架來會是什麼德性。無論如何，一文不值的格利可把他的代理人丟到野獸那兒去送死——此事只是暴露了他的戴綠帽之恥。如果一個僕人被迫去做主人的情婦要他做的事，又怎麼能夠責備他呢？倒是那個婊子情婦，她比那個代理人更應該被放到公牛背上，讓公牛摔死她。但是，一個人如果無法騎上驢背，他就只好猛敲驢子的鞍。格利可怎麼可能認為那個赫莫傑尼來的妞兒有什麼好？他不如去切掉翱翔之鳶的爪；一隻蛇要讓一根繩子生出孩子根本是白搭。格利可，格利可！你已經付出代價，只要你活著，你就會被貼上汙點的標籤——只有地獄才能消除這種標籤，一個人犯錯是會得到報應的。

我現在能夠察覺出瑪塞阿要給我們什麼好東西，他要給我和我的家人各兩個銀幣。如果他這樣做，我只希望他不要對諾巴努斯有任何偏心。可以確定的是，瑪塞阿會表現得意氣風發。但事實上，諾巴努斯曾經對我們做了什麼呢？他誇耀一些微不足道的角鬥士，他們都只是步伐蹣跚的人，只要對他們稍稍吹口氣，他們就會倒下去了，那些與動物搏鬥的人都還勝過他們呢！他用火炬亮光殺死他的騎士們，你會認為這些騎士只是糞堆的公雞，有的腳像騾子，有的腿向外彎曲，還有的用來替補戰死的人，但卻只是在那兒充充樣子，他們甚至還沒有開始就已經殘廢了。

唯一表現出勇氣的，是一位色雷斯人，不過也只有在我們對他動手時才會反擊。最後，他們都被狠狠地痛打一頓；群眾叫著說：『把他們每個人都吊起來！』他們顯然都是聲名狼藉的亡命者。『無論如何，我已經讓你看過了，』諾巴努斯說。我則說：『我已表示喝采了，算一算吧，我給你的比我所得到的還多，善有善報。』

亞加孟農，你好像在自言自語說：『那個無聊的人到底在幹什麼？』我之所以說話，是因為你們這些會說話的人都選擇沉默不語。你的資質跟我們不一樣，所以你嘲笑窮人的談話。你是學問的象徵，我們全都知道，但是，等哪一天我們說服你到鄉下看看我的小地方吧！我們會找到可以吃的東西，譬如一隻小母雞以及一些雞蛋，這會是很重大的事呢！雖然今年的壞天氣把一切都弄得亂七八糟了。無論如何，我們會找到足夠的東西來填飽肚子。

你未來的一位學生快長大了，我是指我們家的孩子。他已經能背誦你的作品，如果他能繼續活下去，你將會有一位小僕人可供使喚。就算得閒，他也不曾從寫字板上抬起頭，他是個聰明的孩子，有相當不錯的資質，雖然他很迷戀鳥兒——我曾殺死他的三隻朱頂雀，騙他說是被一隻鼬鼠吃掉的。但是他找到了其他嗜好，也很專心繪畫。嗯，他已經放棄希臘文，開始展現出對拉丁文的天賦，只是他的老師脾氣太好，又太不專心，雖然很熟悉自己的工作，卻不肯多下工夫。對了，還有一個人，他不是什麼有學問的人，不過倒是挺靈敏的，他教的事情比自己懂的還多。他在重要的日子與假日來我們家教導孩子，無論你給他什麼作為報酬，他看起來都十分滿意。

我已經為我們家的男孩買了一些法律書，我希望他多了解一點法律，可以在家裡使用，法律就像奶油和麵包一樣，都是生活中必要的東西。就文學而言，他已經有足夠的涉獵，如果他抗拒的話，我也決定好要訓練他從事什麼行業了，當理髮師、拍賣員，或者最好是律師——這是用下地獄才能恐嚇他不幹的行業。

我每天都努力灌輸他這個觀念：『請相信我，我的頭一個孩子，無論你學習什麼，都是為了你自己的好處而學習。請看看律師菲雷洛斯，要是他沒有唸書，現在就得挨餓了。前天，就在前天，他還得用肩膀扛東西，而現在，他可以跟諾巴努斯相比了。學問是一種財富，一種絕不會讓人餓肚子的行業。』」

這類精彩的發言就這樣在餐桌上不停傳播著，一直到崔瑪奇歐再度走進來，他擦擦額頭，嗅嗅雙手。

「朋友們，請見諒，」他停頓了一會兒後繼續說，「我便祕已經有幾天之久，讓我的醫生們陷入不知所措中。無論如何，番石榴果皮和浸醋的樅木已經對我起了療效，我相信我的腸子應該能運作得比較順暢了。我的胃時常發出隆隆聲，如果你們聽到了，會以為我身體裡面正有一隻公牛在吼叫呢！所以，如果你們當中有任何人想要解放一下的話，無須感到羞愧，沒有人天生就很健康的。沒有什麼比忍住不解放還要痛苦的事了，就連天神本身也無法忍耐呢！

佛楚娜妲，妳在笑什麼？妳這個老是害我睡不著的人！我從不阻止餐桌旁的任何人去方便，就連醫生也禁止我們阻礙身體的自然運作。且別管有什麼急迫的事情，我已經在外面把一切都準備好了——水、小凳子，以及其他必要的小東西。請相信我，氣體可能會跑到腦部，導致整個身體充血，我知道有很多人死於這種毛病，只因為他們羞於說出來。」

我們一邊感謝主人的慷慨寬容，一邊小口小口的啜飲著酒，壓抑著不笑出來。但我們幾乎忘了，我們還有「另一座小山要爬」——俗話都是這麼說的，此時，我們的菜餚才吃了一半。

在一陣音樂的伴奏下，餐桌清理好了，三隻白豬被人抬了進來，身上掛著小鈴，上了口套。司儀告訴我們說，其中一隻兩歲大，另一隻三歲，第三隻六歲。我認為牠們應該不是尋常的豬，可能是要來表演馬戲團的戲法吧！

不過，崔瑪奇歐的話打斷了我的猜測：「三隻之中，你們希望把哪一隻拿來烹調上桌？農家庭院的公雞、雉雞和小鹿，諸如此類的食物只適合鄉下人吃；我的廚子向來習慣供應整隻煮熟的小牛。」

說完，他立刻下令把廚子叫來，還沒等到我們做出選擇，崔瑪奇歐就下令殺掉那隻六歲大的豬。然後，他聲音宏亮且清朗地問廚子：「你屬於哪一個等級？」

「第四十等級。」廚子回答。

崔瑪奇歐繼續問：「是買過來的？還是在我房子裡出生的？」

「都不是，」廚子回答說，「我是根據執政官潘薩的遺囑留給你的。」

「那麼，你要小心處理這道菜，否則我會把你貶為跟外面那些奴隸一樣的等級。」

聽到如此強力的告誡後，廚子立刻抱著那隻豬進入廚房。崔瑪奇歐則放鬆了臉上嚴肅的表情，轉向我們說：「如果你們不喜歡這種酒，我會命人換別的酒上來，不然的話，就請喝一喝，向我證明酒的品質良好。感謝諸神的善良，我不曾買過酒，那些風味美好的東西都是在我郊區的土地中生產出來的，雖然我還沒有看過自己位在郊區的土地，但是他們告訴我，那些土地位在特拉希拿和塔倫騰那邊。最近，我想要讓西西里也成為我名下那些小小地產的一部分，這麼一來，一旦我想去非洲看看，就可以沿著專屬於我的邊境航行，直接到達非洲了。

但是，亞加孟農，請告訴我，你今天辯論的主題是什麼呢？雖然我並不從事辯論的工作，但時常留心研究這些學問，並在家中使用，請別認為我輕視學問。我有兩座圖書館，一座是希臘文的，另一座是拉丁文的。你若是喜歡我，請讓我知道你打算辯論什麼內容。」

「一個窮人與一個富人有仇……」亞加孟農才剛開始這麼說，崔瑪奇歐就插進一個問題：「什麼是一個窮人？」

「哦，很重要的問題！」亞加孟農叫著說，於是他開始對一些辯證方面的問題展開論述。

崔瑪奇歐毫不猶豫地做出了以下總結：「如果問題正如你所說的，那就沒有疑問了；如果不是，那麼，事情也就結束了。」

聽完了崔瑪奇歐的論點後，我們大聲喝采，竭盡所能的用誇張的言詞讚美他。

此時，崔瑪奇歐又開口說話了：「我最親愛的亞加孟農，你還記得赫克力斯的十二項任務[1]嗎？或者是尤里西斯的故事？還有獨眼巨人在變成一隻豬後，如何扭動自己的大拇指，以致脫臼了？我在孩提時代時，常常在荷馬的作品中讀到這些故事。還有希貝兒[2]，我親眼在庫梅看到她吊在一個缸中，男孩們對著她叫著說：『希貝兒，妳這樣吊著會怎麼樣？』她回答說：『我會死。』他們全都是講希臘話。」

[1] 赫克力斯是天神宙斯和雅克梅娜的私生子，天后朱諾為了報復宙斯的不忠，運用神力使赫克力斯失去理智殺害了自己的孩子。為了消除罪業，赫克力斯被要求要完成十二項艱難的任務。

[2] 為女巫、女占卜師之意。

VIII

正當崔瑪奇歐還在繼續這種無稽之談的同時，一個盛著大豬的盤子被放到桌子上。我們一致讚賞廚師如此迅速的動作，煞有其事的表示，就連一般的飛禽也無法在這樣短的時間內料理好，況且，這隻豬似乎比先前那隻野豬大上許多。

然而，崔瑪奇歐注視這道菜的眼神卻愈來愈嚴峻，最後他叫了起來：「搞什麼！搞什麼！這道菜難道沒有取出內臟嗎？沒有？天啊！沒有！快把廚子叫進來！」

廚子被叫了進來，他垂頭喪氣地站在桌旁，表示自己完全忘記了。

「什麼，忘記了？」崔瑪奇歐叫出來，「聽聽他說話的樣子，好像他只是忘了灑一點胡椒或蒔蘿而已。脫下他的衣服！」

廚子立刻被剝下衣服，站在兩個準備折磨他的人中間，一副很可憐的樣子。

所有的客人全都開始為他求情，說道：「意外在所難免，這次請務必要原諒他，如果再犯一次這樣的過錯，我們沒有一個人會為他說一句話的。」

然而，我卻感覺到一股無情的憤怒填滿胸口。我完全無法自抑，於是湊到亞加孟農的耳朵旁，低聲說：「他顯然是一個邪惡的壞僕人。想想看，怎麼可能會有人忘記拿掉豬的內臟？天哪！就算這傢伙只是在煮魚的時候表現得如此不小心，我也不可能放過他的。」

崔瑪奇歐卻不這麼認為，他的臉上出現了一抹微笑，他說：「嗯，既然你的記性這麼差，那就在我們面前取出內臟，讓我們都能看到。」

於是廚子重新穿上束腰外衣，抓起小刀，以顫抖的手切開豬的肚子。一時之間，小小的裂縫在內臟的擠壓之下慢慢擴大，很多香腸和黑布丁似的東西翻滾了出來。

看到這種情況，所有的僕人一致表示喝采，齊聲說道：「永遠的蓋烏斯！」

不止如此，這位廚子還被賜予一杯酒和一個銀冠，並接受了一個酒杯，放在柯林斯金屬製成的一個盤子上。

亞加孟農很專心地檢視盤子，崔瑪奇歐則說道：「只有我擁有正牌的柯林斯盤子。」

我非常期望聽到崔瑪奇歐說，他是如何從柯林斯引進這些好東西，因為這樣才符合他厚顏無恥的作風。

但是，關於這個盤子，崔瑪奇歐卻有更好的說法，他說：「你們也許想知道，為何只有我擁有這件正牌的柯林斯盤子。其實呢，把這東西賣給我的工匠，名字就叫柯林斯，既然我是向柯林斯本人訂貨，還有什麼東西能比他賣給我的更柯林斯呢？

你們可別把我看成傻瓜，我非常清楚柯林斯盤子的起源，在特洛伊城被攻陷時，有一個很聰明的傢伙，他是一流的騙子，名叫漢尼拔，收集了一大堆金、銀、銅製的雕像，然後點火燃燒這堆東西，把這些金屬熔化成一種合金。工匠們使用這一大片金屬做出了盤子、碟子和小雕像，這就是柯林斯金屬的由來，它不是某一種金屬，而是所有金屬的混合物。

但是，你們必須允許我說一件事，我其實很喜歡玻璃製品，因為玻璃製品不會殘留氣味，要不是玻璃容易破，我寧願選擇玻璃製品，也不想要黃金；可惜的是，玻璃製品已經變得既便宜又尋常了。總之，有一個工匠製造了一個不會破的玻璃酒杯，他被准許去晉見凱撒大帝，將自己發明的東西獻給他。他一接下凱撒遞還給他的杯子，就把杯子摔在地上。凱撒非常驚奇，但這個人卻只是默默地撿起酒杯。酒杯凹了下去，就跟銅器摔在地上時的情況一樣，然後，他從口袋中取出一根小槌子，輕鬆又勻稱地把酒杯敲成原來的樣子。做完這件事後，這個人認為自己已經有如天堂那般完美，特別是當凱撒對他說下面這句話時：『除了你之外，還有別人了解如何製造這種玻璃嗎？』他回答說：『沒有！』於是凱撒下令砍了他的頭，因為一旦有人知道這個祕密，我們就會把黃金視如糞土了。

我是盤子的鑑賞家。我擁有跟水壺一樣大的杯子，大約一百個左右，上面畫著荷馬史詩中卡珊德拉如何殺死自己的兒子們，他們躺在那兒，像活著時那樣栩栩如生。我有一千個碗，是穆斯留給我的贊助人的，上面畫著迪達勞斯把尼歐碧幽禁在特洛伊木馬中。嗯！我有一連串用巨大金屬製成的杯子，上面畫著赫黑羅斯與佩碰伊特作戰的情景。無論如何，我都不會出賣我對這些東西的知識。」

在說這些話的時候，有一名奴隸不小心掉了一個杯子。崔瑪奇歐看著他說：「立刻去自殺，你這個不小心的傢伙。」

這名奴隸立刻張開嘴，開始請求憐憫。

「為何要這樣煩我？」崔瑪奇歐叫著說，「好像我對你很苛刻似的，我只是規勸你不要再這樣不小心了。」

最後，在我們的請求下，他原諒了這個人。這名奴隸為了慶祝此事，開始沿著餐桌跑，叫著說：「水出去，酒進來！」我們全都樂於接受這個心情愉快的無賴所提供的好意暗示，尤其是亞加孟農，他非常清楚該如何贏得主人另一次的邀請。

我們的諂媚言詞鼓勵了崔瑪奇歐，他更加高興地喝著酒，已經瀕臨陶醉的境地，他叫著說：「你們之中難道沒有任何人想請我的妻子佛楚娜妲跳舞嗎？請相信我，沒有任何一個人的康康舞跳得比她更好。」

他把兩隻手伸到額頭上，開始模仿起當時的喜劇演員希魯斯，席間所有的人都起身叫著說：「硬是要得！哦，真棒！」

崔瑪奇歐本來很可能當眾出醜，好在佛楚娜妲在他耳邊低語，我想她是想提醒他，這種滑稽的表現有損他的尊嚴。然而，崔瑪奇歐的脾氣非常難以捉摸，他一會兒以尊敬的姿態傾聽佛楚娜妲說話，一會兒又恢復本性。在一陣子的手舞足蹈後，崔瑪奇歐突然停了下來，一名史官走了進來，很嚴肅地唸了一大串，好像在朗誦什麼公共紀錄：

「第七個七月初一（六月二十五日）[1]：在庫梅的莊園，即崔瑪奇歐的地產上，誕生了三十個男孩、四十個女孩，有五十萬桶的小麥從打穀場運到糧倉，五百頭公牛被放在牛軛上。

同一天：一位名叫米斯利達的奴隸被釘上十字架，因為他對我們的主人蓋烏斯的守護能力說出褻瀆的話。

同一天：千萬銅幣回歸寶庫，沒有用這筆錢去進行投資。

同一天：龐培的花園發生火災，火源是執行官員拿斯塔的房子。」

「嗯？」崔瑪奇歐打斷史官，「龐培的花園是什麼時候買進來的？」

史官回答：「去年，所以這些花園還沒有入帳。」

崔瑪奇歐聽了之後非常生氣的叫道：「只要是以我的名字所買的地產，要是我沒有在六個月內聽到，就禁止列入我的帳中！」

然後，史官朗讀建築官的布告以及林務官的遺囑，林務官的遺囑中雖然排除了崔瑪奇歐的繼承權，卻以最高的讚詞提到他。接著，史官朗誦了執行官員們的名字；他提及總督察如何遺棄身為自由民的情婦，因為他發現情婦跟浴場監督私通；掌禮大臣如何被貶謫到拜爾；管家因侵吞公款而被判罪；侍從官之間的爭論已經裁決。

此時，特技表演人員終於進場了。一個非常討人厭又枯燥無趣的人站在那兒，支撐著一座梯子。他命令一個小孩爬到梯蹬上，在頂端唱歌、跳舞，然後用牙齒咬著一個酒瓶，跳過火焰熊熊的鐵環。

---

[1] Seventh of Kalends of July。古羅馬曆制上，每個月的初一為Kalends；初五和初七稱作Nones；初十三和初十五為Ides（視該月是哪一個月分，而決定Nones是初五或初七，Ides為初十三或初十五），他們計算日子是用向後倒數的方式，所以第七個七月初一，其實是七月初一前七日，六月二十五日。

在場的人們當中，只有崔瑪奇歐讚賞這種表演，他說道：「這可真是一種艱辛的生計。」他又繼續表示，在這個世界上，他只喜歡看到兩種人——特技表演人員以及吹號角的人，其他的表演都很無聊。

「是的！我也買了一群喜劇演員，」他說，「但是我堅持要他們表演亞特蘭鬧劇，我也命令我的樂隊指揮演奏拉丁曲調，只演奏拉丁曲調喔！」

在偉大的蓋烏斯談著這些美妙的事情時，那個男孩忽然跌落在他的頭上。傭人全都尖叫起來，賓客們也是如此，並不是因為他們對這個可厭的人有任何擔憂之情——他們全都樂意看到他折斷頸子，他們只是唯恐宴會會以悲劇收場，如此一來，他們就得為這個人的死哀悼一番了。

崔瑪奇歐發出痛苦的呻吟聲，把頭垂向其中的一隻手臂，彷彿是手臂受了傷。醫生們全都聚集在他四周，最前面的則是佛楚娜妲，她手中拿著一個杯子，頭髮飄垂著，彷彿她是全世界最痛苦、最不幸的女人。

那個男孩在我們膝蓋邊來回爬行，求我們為他說情，但心中某個念頭卻讓我甚感苦惱：這種乞求可能只是想藉由一種可笑的轉折，去導向一個戲劇性的結局，就像那個忘記取出內臟的廚子一樣。我開始環顧四周，想看看牆壁是否會打開，出現某種舞臺機關來緩和場面，尤其是當我看到一個奴隸用白色織品包紮主人受傷的手而遭到痛打——崔瑪奇歐想用紫色織品包紮。

我的猜測雖不中亦不遠矣，因為崔瑪奇歐並沒有處罰那個小孩，反而下令釋放了他，以免人們說，如此高貴的男士竟被一名奴隸所傷。我們用一連串的陳腔濫調大聲讚揚崔瑪奇歐的寬宏大量，還談論起人情世故的多變。

「嗯！那麼，」崔瑪奇歐打斷我們，「像這樣的事件必須用一些即興之作記錄下來。」他立刻要求人拿來寫字板，沒費多大心思便朗誦出以下的詩：

「在最意想不到的時候，事情就會發生差錯，
命運的女神支配著我們的生命，
那麼，趁還可能的時候喝酒、享樂吧！」

大家聽到這句格言雋語，就開始討論起詩人與詩了。有好一會兒，大家把詩的榮譽歸給色雷斯人莫修斯，後來，崔瑪奇歐對亞加孟農說：「大師啊，請告訴我們，你認為西塞羅與政治家普利留斯之間有什麼差異？我自己認為前者是比較有說服力的作家，後者則比較文雅。譬如說，有什麼詩比以下這些更美好呢：

是聲名狼藉的奢侈毀了國家；
為了滿足口腹之欲，嬌養的孔雀喪命，
牠們在戶外誇耀黃金似的亞述帝國羽毛，

為了你愛的努米底亞母雞[2]以及肥胖的閹雞。
甚至連溫和的鸛鳥也被犧牲了，
我們這位優雅、吵雜的長腿朋友，
害怕冬天的寒氣，預知春天的訊息，
發現殘酷的煮鍋是牠的巢。
為何印度珍珠對你而言那麼珍貴？
還不是為了用海中珠寶裝飾那位妻子，
她在通姦時抬起一隻淫蕩的腿？
你為何如此喜愛翡翠的綠光，
還有迦太基紅玉那閃亮的紅光？
榮譽與美德是最真實的寶石。
難道新娘應該穿上以風編織而成、
薄如空氣的衣服暴露在那兒？」

「你認為什麼行業的困難度僅次於文學？」崔瑪奇歐說，「我認為是醫生以及貨幣兌換商。我之所以會說醫生，是因為他必須了解人們的內心以及何時會發燒，其實我非常憎惡醫生，他們老是要我喝鴨湯；而我之所以說貨幣兌換商，是因為他們必須在銀的表面下看出銅的成分。

[2] 努米底亞是古羅馬時期的一個王國，領土約在今北非阿爾及利亞東北和突尼西亞的一部分，曾先後成為羅馬帝國的行省和附庸國。努米底亞母雞為當時相當經典的代表料理之一。

在野獸中，工作最辛苦的是牛和羊。我們所吃的麵包要歸功於牛，而羊則提供我們羊毛，讓我們穿得很好。人們吃羊肉又穿羊毛衣，這是多麼可恥啊！還有蜜蜂，我認為牠們是上帝所創造的動物，因為牠們吐出蜂蜜，雖然有人說牠們是從天帝朱比特那兒帶來了蜂蜜，這就是牠們螫人的原因，畢竟沒有辛酸就不會有甜蜜。」

他還在以這種方式扮演哲學家的角色時，有人傳遞著用杯子盛裝的彩券，一名負責這種特別工作的奴隸唸出彩券所要提供的禮物：

「假銀子；端進一份燻火腿，上面立著銀製調味瓶。

一個頸枕；拿來羊頸肉。

禁果與鹹餅乾；拿來柚子，以及附有一個蘋果的撐船篙。

韭菜與桃子；抽彩券的人接受一根鞭子與一隻小刀。

晚宴服與日間禮袍；一片肉與一本備忘錄。

管子與長度量計；一隻兔子與一隻拖鞋。

八目鰻與信；一隻老鼠以及一隻青蛙繫在一起，還有一個甜菜根。」

我們大聲笑了很久，還有一百五十種其他類似的奇想，但我已經記不起來了。

IX

亞希托斯認為整個過程相當荒謬可笑，他高舉雙臂，無法控制地笑到眼淚都流出來了。此時，客人中有一位自由民——就是坐在我旁邊上位的那一位，開始發脾氣，他叫道：「笨蛋，你在笑什麼？我的主人表現出高雅的好客之情不合你意嗎？我想，你大概是一位很高尚的男士，習慣享受比較好的娛樂吧！這間房子的守護者啊，請助我一臂之力，要是我坐在他旁邊，我會把他打得哇哇叫！真是毛頭小子，這樣嘲笑人。不知道哪裡來的無賴、夜間遊蕩的浪蕩子，還不如他的尿有價值！就算我在他身旁撒尿，他都還不知道要如何自保咧！

天啊，我一向不是這麼容易動怒的人，但是……唉，肉軟就是會長蟲！看哪，他還在笑，到底有什麼好笑的呢？難道這小子的父親是用錢把他買來的？如果你是羅馬武士，那我就是國王的兒子了。

『那麼你當初為何當奴隸？』唉！這是我自己選的，我認為，當羅馬公民勝過當納貢的國王，我希望過著不讓任何人嘲笑的生活；我現在已經是人中之人了，走路時可以抬頭挺胸。我沒有欠任何人一分錢，不曾跟人做過債務協調，也不曾有人在廣場上用『把你欠的錢還我！』這句話把我擋下來；我買了幾塊土地，還擁有一些錫器；我供養二十個人，更不用說是狗了；我買回了我床頭人的自由，再也沒有人能在她的乳房上擦手，我可是花了一千銀幣贖回她的！我被選為隊長，沒有花任何一毛錢，我相信我死的時候沒有理由會在墳墓中羞紅了臉。

倒是你，你有忙到無暇看看自己的背嗎？你在鄰人的背上看到一隻蝨子，卻不曾看到自己背上的大壁蝨！在場只有你認為我們很荒謬。看看你的主人、你的長者吧！我肯定他是非常喜歡我們的。而你，嘴唇上的母奶都還沒乾呢，你甚至沒辦法嚇走一隻鵝！你這個沒用的人，像一塊濕軟弱的皮革！你或許懂得唯唯諾諾，卻還是一無是處。難道你比其他人富有嗎？既然如此，何不去吃兩頓午餐、兩頓晚餐？

就我自己而言，我重視名譽勝於百萬錢財。有任何人向我討過兩次債嗎？我服務了四十年，但是沒有人知道我是奴隸還是自由民。我第一次來到這個城鎮時，還是一個長頭髮的小孩，當時連鎮上的會堂都還沒建好。但是我費心取悅我的主人，他是一個偉大又莊嚴的男士，很有尊嚴，他的指甲比你全身更有價值。讓我告訴你吧！這房子裡有我的敵人，隨時準備陷害我，但我在逆流中奮鬥——多虧主人的仁慈！這就是活生生的奮鬥史。生而為紳士跟說一聲『來這兒』一樣容易。你這樣目瞪口呆到底是在看什麼？像一隻在田野中吃到苦巢菜的公羊！」

聽完了一長串長篇大論，站在我身旁的吉頓再也忍不住，發出了非常不雅的笑聲。亞希托斯的對手注意到了，轉而開始責罵吉頓，他尖叫出聲：「你也在笑是嗎？你這鬈髮的傢伙。哈！怎麼，農神節[1]到了嗎？怎麼，現在是十二月嗎？你何時滿二十歲？這是在做什麼啊？該被拿去餵烏鴉的殺千刀！我一定要讓天神的怒氣降禍在你們身上，就是你跟那個沒教好你規矩的主人！我之所以饒過你，只是因為我尊敬我的自由民同胞，否則我就會在此刻對你進行報復，千真萬確！我們舉止合宜，你們倒是一無是處，他們沒有教好你。有什麼主人就有什麼下屬，這話說得可真有道理啊！

天哪，我簡直無法控制自己！我向來不是性急的人，可是一旦發作起來，就不管三七二十一了。好吧，我會在大街上見到你，你這卑鄙的人，這個暴發戶！我要是不把你的主人趕進不幸中，讓你看看厲害，我就不是人。儘管去叫奧林匹亞山上的天神來幫你吧！我會毀掉你那頭垃圾似的鬈髮，還有你那微不足道的主人，你就好好看著，看我是否會緊咬你不放。要不是我太不了解自己，就是你太愛胡亂嘲笑別人——雖然你留了金色鬍鬚掩飾你那輕蔑的笑。我要讓智慧女神密涅瓦對你大發怒氣，也對那個把你教成這副德性的人大發怒氣。

我沒學過幾何學、批評以及諸如此類無稽又冗長的議題，但我確實了解寶石匠的水準，說到密度、重量和造幣等問題，我都能夠算到小數點第三位。很好！如果你願意的話，我們可以來一場小小的賭注，就你和我。來吧，我把現金放在這兒。你不久就會知道你父親在你身上浪費了太多錢，雖然你確實懂得辯術。來吧：

『我們身上的哪個東西——來時長長的，來時寬寬的：猜一猜。』

[1] 農神節（12/7~12/14），古羅馬農民祭祀農神的節日。

我會告訴你：我們身上的哪個東西會跑，卻不會在原地動；我們身上的哪個東西會變長，但卻一直變得愈來愈小。看看你，煩躁不安、大驚小怪，像夜壺中的一隻老鼠！你要麼就徹底閉嘴，不然至少別去攻擊一個比你強的人，他甚至不知道你的存在呢！你也許認為，我對你的黃色鬈髮感到很不爽，哼，你那頭從你老相好那兒偷來的鬈髮！天助自助者，讓我們到廣場那兒去借錢吧！你不久就會看出，這一點點堅強的毅力會贏得聲譽的。

啊哈！不錯的光景嘛，一隻驚嚇不已的狐狸！要是我沒有把你趕到山上、趕到谷中，直到你翹辮子，那我就該死！還有一個很不錯的光景，我是說那個教你這樣做的人，他根本就是一個笨拙的人，不配當主人！

在我那個時代，我們學到的跟你不同；主人總習慣說：『你身上的東西都安全嗎？直接回家吧！但要注意四周的狀況，也不要對你的長者無禮。』如今，這一切全是廢話，無法培養出什麼有價值的人。我今日能有此成就，全都歸功於我自己的才智，我為此感謝天神！」

亞希托斯正想回應這番責罵，崔瑪奇歐卻為他這位自由民的口才所著迷，他阻止了亞希托斯並且說道：「好了，好了！別爭辯了，最好和善一點。還有你，赫未洛斯，就放過這個年輕人吧！他只是情緒太激動了而已，你要理性一點。就這種事情而言，讓步就是獲勝。你以前也曾是個血氣方剛的年輕人，像公雞一樣啼叫，一點也不理智。所以，請接受我的忠告，讓我們重新開始，大家高高興興的欣賞荷馬史詩演員們的朗誦。」

緊接著立刻有一群武裝的人魚貫而入，以矛撞擊著盾，崔瑪奇歐則莊嚴地坐在坐墊上。史詩演員們開始用粗魯的態度朗讀以希臘詩寫成的一則對話，崔瑪奇歐則以清晰又高亢的聲音唸出一段拉丁文原文，不久之後是一會兒的沉寂。然後崔瑪奇歐說：「你們知道他們在敘述什麼故事嗎？迪歐米和甘尼梅德是兩兄弟，他們的妹妹就是特洛伊的海倫，亞加曼儂把她帶走，用一隻母鹿代替海倫，獻給月神戴安娜。荷馬敘述了特洛伊人和巴倫汀人如何打起仗來，亞加曼儂似乎獲得了勝利，他把女兒伊菲吉妮亞嫁給阿基里斯。亞查克斯知道此事就發瘋了[2]，他不久就會把一切向你們說清楚。」

崔瑪奇歐一說完，史詩演員們便掀起一片鼓譟聲，僕人在四周忙著，一個重達兩百磅的銀盤被端了進來，上頭擺著一隻烹調好的小牛，頭上還戴著一個頭盔。亞查克斯瘋了似地向小牛衝過去，用出鞘的劍把小牛砍成片片，再用劍的尖端插起肉片，分給驚訝不已的客人。

然而，我們卻無暇讚賞這種令人驚奇的表演，忽然間，天花板發出嘰嘰聲，整個房間開始震動。我在驚慌中跳了起來，深怕會有酒杯砸穿屋頂掉落下來。其他客人也驚奇的凝視著天花板，想知道天空中究竟會出現什麼驚人的東西。然後，天花板打開了，一個顯然是從木桶上剝下來的大鐵環掉了下來，鐵環四周掛滿金花冠和金盒子，裡面則裝著珍貴的香膏，準備要給我們帶回家當紀念品。

我把注意力放回餐桌上，上面已經放了一盤蛋糕，有一個普里阿普斯像——這是麵包師傅的手工之作——立在中央，以常見的方式顯示：這個陽具神祇在自己寬闊的胸膛中懷抱著葡萄和各種水果。我們以渴望的心情把手伸向這些精緻的食物，然而，一個新噱頭立刻又惹得我們笑了起

[2] 在此處，切肉僕役恰好和特洛伊戰爭中，希臘聯軍的英雄人物——亞查克斯同名。亞查克斯在阿基里斯死後晉身為希臘第一勇士，他要求接收阿基里斯的盔甲做為獎賞，盔甲最後卻為尤里西斯所得。憤怒的亞查克斯因此精神失常，將一群綿羊看成尤里西斯瘋狂砍殺。

來。原來，每個蛋糕和水果都裝滿著番紅花花精，稍微一碰就會噴到臉上，我們被淋得一身濕，感覺很不舒服。我們認為，這道菜想必有什麼神聖之處，因為它散發出非凡的氣味。於是我們站起來，叫著說：「向祖國之父奧古斯都致上最大的敬意！」

我們才剛表現出一副恭敬虔誠的模樣，卻發現有很多賓客早已直接動手吃起甜點，於是我們馬上跟著吃了起來。我是最先下手的一位，我認為，送給吉頓吾愛最好的禮物，就是把甜點往他身上塞。

此時，有三名穿著白色短上衣的奴隸走進來，其中兩名把頸部圍著護身符的守護神圖像放在餐桌上，第三位則拿著一杯酒走來走去，叫著說：「神祇保佑我們！神祇保佑我們！」崔瑪奇歐告訴我們，神祇的名字分別是「補鞋匠」、「幸運」，以及「金錢」。接著，一座很像崔瑪奇歐的大理石像出現了，每個人都上前吻了吻它，我們覺得那樣做很沒面子，所以沒跟著做。

在眾人互祝對方身心健康之後，崔瑪奇歐轉向尼色羅斯，說道：「你向來都是比別人優秀的同伴，為何今天顯得遲鈍又沉默寡言？我請求你，如果你希望對我做件好事，請把你的歷險經驗告訴我們。」

尼色羅斯對好友提出的親切邀請感到十分高興，於是回答道：「崔瑪奇歐，你表現出如此的善意，我的內心滿溢著歡喜，若是我說謊，願上天不再善待我。所以，呵！讓我們來享受一段愉快的時光吧——雖然我非常擔心這些有學問的傢伙會嘲笑我，無妨，就讓他們笑吧！無論如何，我還是要說出我想說的話，就算有人因此露出輕蔑的笑，對我又有什麼傷害呢？但如果他們願意跟我一起笑——而不是嘲笑我，那就更棒了。」這位英雄說了這番話之後，便開始述說接下來這則奇異的故事：

「當我還是一名奴隸時，我們住在一條狹窄的街道；那間房子現在屬於加維拉。彷彿是上天的旨意，我在那兒愛上了客棧主人提倫修斯的妻子，你們都知道來自塔倫騰的梅麗莎，她是那些美麗少婦中最美的一位！我向她求愛並不是出於肉慾或性慾，而是因為她是一個好人兒，她不曾拒絕我任何要求，她賺一分錢，我就會得到半分；無論我省下什麼錢，都會放在她的錢包中，而她也未曾欺瞞過我。她和丈夫待在鄉下的一間房子，後來丈夫去世了。我竭盡全力要接近她，你們知道，朋友總是患難見真情的。

我的主人剛好到卡普亞去處理一些瑣事，我便利用此機會說服我們的房客陪我到第五座里程碑那兒。這位房客是一位軍人，大膽無比，我們在第一聲雞啼時開始行動，那時月光明亮地照耀著，一如白晝。我們到達墓碑處，我的同伴徘徊在後面的墓石之中，我則坐下來唱歌，開始數著墓石。不久後，我回頭找我的同伴，卻發現他已經脫去所有的衣服放在路邊，我被他詭異的舉動嚇到心臟幾乎跳出來，只能像個死人似地呆立在那兒。然後，他在脫下來的衣服四周小便，頃刻間變成一隻狼。請不要認為我是在說笑，就算給我世上最多的財產，我也不會說謊的。

變成了狼之後，他發出一陣狼嚎，跑到森林中。起初，我搞不清楚自己身在何處，立刻跑去拿起他的衣服，但是，天啊，衣服竟然變成石頭了。如果世上真有人會被嚇死，那我絕對就是那種人！但我仍然拔出劍來，一路上，我不停地刺向每個陰影，直到我抵達心愛之人的家門前。我衝進去，看起來像一個幽靈，靈魂與肉體幾乎分離。大量汗水從我兩腿之間湧出，我眼神茫然的注視著前方，腦袋停止運轉，幾乎無法恢復正常。梅麗莎對我的窘況大為震驚，很好奇我為什麼那麼晚才外出。

『要是你早一點來，』她說，『就可以助我們一臂之力了。有一隻狼闖進農場，咬死了所有的牲口，就像屠夫宰殺牲畜那樣。但是牠完全沒有什麼光采可言，雖然牠逃脫了，卻被一位工人用矛刺穿了頸子。』

聽她這樣一說，我整夜都無法闔眼。白天一到，我就立刻出發前往我們善良的蓋烏斯家裡，彷彿一位背包被偷的小販一樣。我也回到衣服變成石頭的地點，但只在地上發現了一灘血；最後我回到家，發現那位軍人房客像隻大公牛般躺在床上，有一位外科醫生正在處理他脖子上的傷口。我當下便確定他是狼人，從此以後，我再也無法與他一起吃麵包，就算你們殺了我，我也做不到！別人怎麼想我管不著，但要是我對你們說謊，就讓你們的守護神要了我的命吧！」

我們全都驚訝得啞口無言，然後，崔瑪奇歐打破沉寂，他說：「我絕不會懷疑你的故事。真的，我的汗毛都豎起來了，因為我知道尼色羅斯並不喜歡無稽之談，他是完全值得信任的人，絕不會胡說八道。好了，我也要告訴你們一個可怕的故事，非常不尋常，就像驢子出現在屋瓦上那樣的不尋常！

當我還是個長髮小伙子的時候——我從男孩時代起就過著希臘巧斯島人的生活，我們主人的寵兒去世了，天啊，他是一個很珍貴的人，在各方面都很完美。總之，他可憐的母親正在哀悼死去的兒子，我們之中的幾個人則圍在身旁安慰她；忽然間，女巫們開始喧嘩起來，她們大聲呼叫，周圍吵雜得彷彿一隻獵狗正在追捕兔子。那時，我們家中有一位卡巴多西亞人，身材高窕，精神昂揚，身體壯得足以舉起一隻瘋牛。他勇敢地抽出劍來，衝到房門前，先是小心地把外衣纏繞在左臂上，然後把劍刺出去，他刺穿了一個女巫，大約是這個部位吧——放心，我只是比一下，不會傷到你的。

我們聽到一陣呻吟聲，但卻沒看到女巫——請容我詳細描述事發經過。我們這位勇士衝進房間，撲倒在床上，整個身體一片黑一片紫，彷彿有一隻邪惡的手剛用鞭子鞭打過他。我們上了門閂，繼續哀悼著，但是，當母親抱起男孩、觸碰到屍體的時候，她發現自己抱的只是一綹稻草，既沒有心臟，也沒有腸子，什麼都沒有，女巫們搶走了這個男孩，留下一綹稻草代替他。

現在我問你們，聽完此事後，你們難道不相信這世上有擅長妖術的聰明女人，就是會在夜晚飛行的巫婆，更糟的是，她們甚至有能力顛覆這個世界？在發生此事後，我們這位高大又勇敢的人卻不曾復原，並且在幾天之後發瘋而死！」

聽完這個故事，我們雖感到驚異卻也輕易地相信了，於是我們吻了餐桌，祈求吃完飯回家時，「夜晚的巫婆」能乖乖待在她自己的住處。

此時，燈光似乎變強了兩倍，我感覺整個房間都變得不一樣了。崔瑪奇歐大聲說道：「普羅克穆斯，我問你，難道你沒有故事要告訴我們嗎？沒有娛樂提供給我們嗎？你以前是很好的同伴，對話有趣，還穿插著滑稽的歌曲。啊！你那些美妙的祕聞全都不見了，都不見了嗎？」

「啊呀！自從患了痛風後，那些賽馬的日子就結束了，」普羅克穆斯回答，「年輕時，我幾乎因為唱歌而患了肺病。跳舞、對話、粗俗的笑話，我何曾遇過對手，嗯？我始終都沒有對手，除了亞培雷斯之外。」他的手輕拍著嘴，發出像是哨聲的可怕聲響，之後我們才從他那兒得知，原來那是希臘語。

崔瑪奇歐也跟進，模仿起吹號角的人，接著立刻轉向自己的寵兒——那位被他稱做克羅修斯的男孩。這個男孩的雙眸佈滿血絲，牙齒骯髒，正在跟一隻小小的黑色母狗玩，母狗胖得令人噁心。他將一條綠色圍巾纏繞在牠身上，把半塊麵包放在睡椅上，然而母狗拒絕吃麵包——牠已經吃得太飽了，男孩強行把麵包塞進牠的喉嚨。

看到這一幕，崔瑪奇歐忽然想起自己忘了一件事，就命令手下把名叫希拉克斯的狗——也就是崔瑪奇歐口中的「我的房子與家的守護者」——帶進來。下一刻，一隻巨大的看門狗被人用鍊子牽了進來，侍者踢了牠一腳，要牠躺下來，看門狗就在餐桌旁躺下。崔瑪奇歐丟給牠一塊白麵包，說道：「房子裡面沒有人比牠更愛我。」

聽到崔瑪奇歐大肆讚美希拉克斯，男孩很是生氣，他把母狗放在地上，鼓動牠去攻擊這隻怪異的看門狗。希拉克斯本能地發出野性的吠叫聲，幾乎把克羅修斯的小寶貝扯裂成片片。兩隻狗大戰之後，騷亂的情況並沒有結束，一盞枝形吊燈掉落在餐桌上，砸破了所有的水晶，奇熱的燈油噴在一些客人身上。

目睹這場災難的崔瑪奇歐絲毫不以為意，他吻了吻男孩，要男孩騎在他背上。男孩毫不猶豫的騎了上去，像是騎玩具馬一般，還用張開的手不斷拍打崔瑪奇歐的肩膀，邊笑邊叫道：「木馬！木馬！我舉起了幾根手指？」

在充當了一會兒的馬兒後，崔瑪奇歐命令他們準備一大碗酒，讓坐在我們腳旁的奴隸們喝，不過他補充了一個條件：「如果有人不想接受自己那一份，就把酒倒在自己頭上吧！白天做正經事，現在開始享樂吧！」

崔瑪奇歐如此表現出溫和的本性之後，接著一道美食端了進來。光是想到這道美食，就讓我感到不舒服，真的！出現在每個人面前的，並不是鶇鳥，而是一隻肥胖的母雞再加上鵝蛋，崔瑪奇歐非常熱心地催促我們享用，頻頻向我們保證母雞已去了骨。

就在此時，一位侍從敲了敲餐廳的摺疊門，一個穿著白袍的朋友走了進來，他的身旁跟著一大群隨從。他莊嚴的模樣讓我印象深刻，我以為他是個執政官，於是作勢要站起來，還把赤裸的腳伸到地板上。

亞加孟農嘲笑我驚慌的模樣，「坐著不要動，你這個愚蠢的傢伙，」他說，「他是祭司哈比那斯，也是一位大理石石匠，他似乎打造了許多很棒的紀念碑。」

他的話讓我放下心來，於是我又躺回原來的地方，以讚賞的神情注視著哈比那斯走進來。哈比那斯已經喝醉了，正靠在妻子的肩上好支撐住身體；他的額頭裝飾著幾個沉重的花冠，散發出來的濃烈香氣不斷燻著他的眼睛。坐上執政官的位置後，他立刻要求人端上酒和熱水。

哈比那斯快樂的模樣讓崔瑪奇歐很愉快，他要求手下拿出一個大酒杯，並詢問對方來這裡之前曾接受過什麼樣的款待。

「世界上的一切全都有，」他回答，「除了你賜給我的快樂之外。說真的，我嚮往的地方就是這兒，但請相信我，有個地方也很棒。希莎舉辦了很高雅的九日餐宴，追念她那位可憐的老奴隸，老奴隸去世後，她賜給了他自由民的身分。我認為，她會有一筆可觀的錢來付給徵稅的人，聽他們說，這個死去的人擁有的財產高達五萬元之多。我告訴你吧，縱使必須把一半的酒澆在他的老骨頭上，這一切還是很令人愉快的。」

「那你在餐宴上都吃了什麼呢？」崔瑪奇歐問。

「如果可以的話，我會告訴你的，」對方回答，「可惜的是，我有一流的記憶，時常連自己的名字都忘記。無論如何，第一道菜是一隻豬，頂端是黑布丁，裝飾著油炸餅和雞的內臟，加上很棒的佐料，當然還有甜菜根以及全麥麵包；我喜歡全麥麵包，不喜歡白麵包，全麥麵包可以讓肌肉變得結實，我吃完我應吃的份兒，沒什麼好抱怨的。下一道菜是冷果餡糕點，喝的是上好的西班牙酒倒在溫過的蜂蜜上。我吃完了那份很棒的冷果餡糕點，沾滿了蜂蜜，附屬餐點有雞豆、羽扇豆、精選的堅果以及每人一顆蘋果，但是我拿了兩顆。我用一條餐巾把蘋果綁起來，帶到這裡，要是我沒有為家中那位奴童帶點禮物回去，他肯定會跟我鬧個沒完。

對了，我的妻子辛蒂拉提醒我說，櫥櫃裡有一塊熊肉，她不小心吃了一點，幾乎把腸子給嘔了出來，我自己吃了一磅，其實味道很像野豬。我想說的是，如果熊吃人，難道人會找不到更好的理由去吃熊？最後，我們吃了調以酒凍的奶油起司，每人一隻蝸牛，還有豬腸、烘烤的肝，附帶的食物則有蛋、蕪菁、芥茉以及……巴拉米德，請允許我這麼說——一盤混合的過濾食物。也有醃橄欖放在一個碗中傳來傳去，有些人很貪心，一口氣拿了三把。但是，我們全都沒吃火腿。對了，蓋烏斯，請告訴我們，為何佛楚娜妲沒有來吃？」

「難道你們還不了解她嗎？」崔瑪奇歐說，「除非她清點過所有的盤子，再把剩餘的菜分給奴隸們，不然她一滴水也不會喝。」

「嗯！」哈比那斯回答，「要是她不加入我們，我就會是最先離開的那一個客人。」說完便作勢要站起來。

此時主人打了一個暗號，所有的奴隸都叫了起來：「佛楚娜妲！佛楚娜妲！」約莫叫了四次或更多。聽到叫聲後，佛楚娜妲終於走了進來，只見她的黃帶子束了起來，露出底下櫻桃色的衣服、縛緊的腳鐲和繡著金絲的拖鞋。她用繫在頸部的手帕擦手，在辛蒂拉那張長椅上坐了下來，她吻了辛蒂拉，後者則拍著手。她大聲對辛蒂拉說：「我真有這榮幸看到妳嗎？」

最後，佛楚娜妲從肥胖的手臂中脫下手鐲，拿給讚美她的同伴看。她甚至取下腳鐲和髮網，告訴辛蒂拉說，髮網是用最純的金子製成的。

一看到這種情景，崔瑪奇歐下令把所有的東西拿到他面前。「你們看看這女人的腳鐐，」他叫著，「我們這些可憐的人就是這樣被洗劫的，六磅半重！但我自己也有一個，十磅重，那可是用獻給信使之神麥丘里的財源的千分之一製成的。」最後，為了證明他沒有說謊，他命令手下拿來一座天秤，把所有的東西拿過來，輪流秤著每件東西的重量。辛蒂拉的表現也好不到哪兒去，她從懷中拿出一個金色的小盒子——她稱之為幸運之盒，從裡面取出一對耳墜，一個接著一個拿給佛楚娜妲欣賞，並說道：「我的丈夫心腸好，沒有一位妻子擁有比我更好的耳墜。」

「嗯，沒錯！」哈比那斯說道，「妳一直吵得我不得安寧，直到我買給妳那顆玻璃豆為止。坦白告訴妳吧！如果我有女兒，我肯定會割掉她的耳朵。如果世界上沒有女人，所有的東西都會很便宜的。所以我們只好省吃儉用，把食物溫熱、喝冷的東西。」

這兩個女人雖然有一點不高興，卻仍舊愉快地談笑，彼此交換透著酒氣的吻，其中一人讚美另一人身為家庭主婦的勤儉持家，另一人則詳談丈夫的寵兒以及他揮霍的生活方式。在她們如此親密閒談時，哈比那斯悄悄站了起來，他抓住佛楚娜妲的腿，把她推倒在長椅上。

「啊！啊！」佛楚娜妲尖叫著，她的衣服翻到膝蓋上方。然後，她撲倒在辛蒂拉的胸前，把如火般通紅的臉隱藏在自己的手帕中。

短暫的停頓後，崔瑪奇歐命人端來甜點。僕人們搬走所有的餐桌，換上新的餐桌，在地板上鋪著番紅花以及朱紅色鋸屑，還有磨成粉的鏡石，全都是我以前不曾看過的巧妙玩意兒。換了餐桌之後，崔瑪奇歐說：「我對我們所擁有的一切非常滿足，現在，在你們面前的是第二張餐桌，好了，如果有什麼夠味的甜點，就端進來吧！」

同時，一名亞歷山卓男孩到處提供熱水，並開始模仿夜鶯的聲音，他的主人三不五十就叫一聲：「換一個！」然後他便會變換另一種形式的娛樂。

一個坐在哈比那斯腳旁的奴隸——想必是奉了主人的命令，忽然以很高的聲音唱出來：「同時艾尼亞斯切開了他的水路……」

我從未聽過比這更刺耳的聲音了，除了那荒腔走板、時高時低的轉音之外，還包括他的聲音和粗野的發音方式；他不斷插進亞特南區那種拉丁鬧劇的陳套語，讓我生平第一次覺得維吉爾[1]的作品是如此的令人難以忍受。

這名奴隸只稍稍停頓了一會，哈比那斯便急著發出高聲的喝采，他接著補充道：「這個人其實沒有受過什麼正規的訓練，我只是叫他去見了一位江湖術士，他就是以這種方式學習的。結果，無論是想模仿騾夫或江湖術士，他都沒有對手。他真是妙極了！他是補鞋匠、廚子、糕餅製造工人，擁有各種各樣的才能。然而他有兩個缺點——要不是有這兩個缺點，他一定會是相當完美的模範：他割過包皮，而且還會打鼾；至於他的斜視，我倒不是很介意，畢竟維納斯也有同樣的缺點——這就是為什麼他總是有說不完的話，因為一隻眼睛經常注意到其他情況。對了，我是以三百個銀幣把他買下來的。」

此時辛蒂拉打斷丈夫的話，她說：「雖然你很小心不去提到這個無賴的身分，但他是一個聲名狼藉的掮客，我會隨時隨地留意，不久之後，我就會讓他烙上這個汙名。」

崔瑪奇歐只是笑著，說道：「我看他是一個真正的卡巴多西亞人，總是在追求自己的利益。說真的，我並不怪他，因為一旦我們死了，根本沒有人能夠確保我們應有的利益。而妳，辛蒂拉，別這麼善妒，請相信我，我們很了解妳們女人。沒錯，我自己以前也管女主人的閒事，到最

[1] 古羅馬詩人，其著作《艾尼亞斯紀》被認為是拉丁語文學最偉大的成就。

後，連我的主人也開始懷疑我了，就把我派去當鄉下的代理人。舌頭啊，靜下來吧！我會給你一片蛋糕的。」

這名卑賤的奴隸把大家的話當成一種高度的讚美，他從懷中拿出一盞陶製的燈，花了半小時多的時間模仿一位喇叭手，而哈比那斯伴奏著，用指頭把自己的嘴唇往下擠。最後，這名奴隸走到房間中央，他先拿起一片破蘆葦當作笛子來吹，然後又穿上騎馬裝，拿起鞭子模仿騾夫的動作，直到哈比那斯把他叫到身邊，吻了他並且給他一杯酒。哈比那斯叫道：「硬是要得！馬沙，硬是要得！我要送你一雙長靴。」

這些令人厭煩的情景似乎沒完沒了，好在此時一道額外的菜餚端了進來，那是麵粉製的鶇鳥，塞了葡萄乾和胡桃，然後是以插滿刺的榲桲充當海膽。這道菜本來尚可忍受，然而此時又出現一道更怪異的菜，看起來像一團很可怕的混合物，我們寧願死也不想去碰它。

那道菜看起來是一隻胖鵝，四周圍著各種魚與飛禽，菜一上桌，崔瑪奇歐就叫著說：「朋友們，你在這道菜上所看到的每一樣東西都是用同一種材料做成的。」

基於我習慣性的洞察力，我立刻猜出它是什麼做的。我看了亞加孟農一眼，對他說：「就我看來，這道菜若不是用什麼髒東西或泥土做成的才怪。我在羅馬參加農神節的狂歡時，看過這些充當食物的東西，應該就是一樣的東西……」

我話還沒說完，崔瑪奇歐便開始解釋：「沒錯，就像我一直希望能夠成為大人物一樣——我是指在財富方面，而不是在肥胖方面，我敢說，我的廚子是用豬做了這道菜。沒有比他更寶貴的人了！隨便說出你要什麼，他都有辦法用動物的肚子做出一條魚，用豬的脂肪做出一隻大野鴿，用馬的前腿做出一隻斑鳩，再用後腿做出一隻雞！我為他取了一個美妙又適當的名字，就叫做德達勒斯[2]。他是個相當不錯的僕人，所以我從羅馬為他帶來了一件禮物，是一套由諾力克鋼鐵所製成的刀具組。」崔瑪奇歐立刻命人拿出這些菜刀，並加以檢視、讚賞，甚至允許我們用臉頰去試試刀刃。

有兩名奴隸突然跑了進來，他們剛剛似乎在噴水池前面爭吵，總之，他們仍把水壺掛在肩上的扁擔。崔瑪奇歐對他們的爭議提出裁判，但兩人都不接受，還用棍子打破了彼此的水壺，兩個醉漢的無禮讓我們十分震驚。正當我們死盯著爭吵不休的兩人時，卻發現到有牡蠣和干貝從破裂的水壺中抖落出來。一名奴隸把牡蠣和干貝收集起來，放在一個大淺盤上傳遞著。這些美食和那位廚師精湛的手藝十分相襯，他正用一個小銀烤架端進蝸牛，同時用刺耳難聽的聲音唱著歌。

我真的很羞於敘述之後發生的事情，那簡直是前所未聞的奢侈行為：長髮的奴童們用一個銀盆端來了一種香膏，當我們躺在餐桌旁時，他們先在我們的腿和腳踝蓋上花冠，然後用香膏塗我們的腳。之後，他們把少量的香料倒進酒壺與洋燈中。

此時，佛楚娜姐忽然興起了一股想要跳舞的強烈慾望，而辛蒂拉兩手鼓掌的速度開始快過她喋喋不休的舌頭，崔瑪奇歐說：「菲拉吉魯斯，還有你，卡利歐，你這個擁護綠色戰車隊、惡名昭彰的傢伙，我允許你們就坐，並且也要你的妻子梅諾菲拉這樣做。」

[2] Daedalus，發明力的象徵。

長話短說，此時一群傭人入侵餐桌，我們幾乎被他們從睡椅上擠走。那個用豬肉做出肥鵝的廚師在我旁邊占據了一個位置，身上散發出醃魚和魚醬的氣味。他甚至不滿足於只是在場而已，於是立刻開始模仿悲劇演員艾菲索斯，然後跟他的主人打賭，在下一次的競賽中，綠色戰車隊會贏得第一名。

崔瑪奇歐很樂於接受這種挑戰，叫著說：「好的！朋友們，奴隸也是人，跟我們一樣是吃母奶長大的，只不過是不幸的環境使得他們淪落到這步田地。然而，在不會對我造成不利的前提之下，他們將在不久的未來暢飲自由之水；簡而言之，我立了遺囑要釋放所有的人。我賜給菲拉吉魯斯一座農場以及妻子，也賜給卡利歐一個街區，以及二十分之一的釋放稅，還有一張床和鋪蓋。我指定佛楚娜妲當我的繼承人，但願我的朋友們能好心照顧她。我公開宣布這一切，目的是要讓我家中所有的人都愛我，就算是我死了也一樣愛我。」

所有的人開始感激如此仁慈的主人，崔瑪奇歐則一改輕浮的態度，命人拿來他的遺囑，並在家中人的呻吟聲中，將遺囑從頭讀到尾。然後，他轉向哈比那斯，問道：「親愛的朋友，你怎麼說？你有根據我的指示建造我的紀念碑嗎？我特別要求你在我雕像的腳旁放置我的小母狗，還有花冠、香水盒以及佩崔特人所有的戰爭場景，願你美好的協助能讓我在死後仍然不朽。紀念碑的正面是一百呎長，向後延伸二百呎。我希望有各種果樹和很多的葡萄樹長在我的骨灰四周。是的，如果我們為生者建造這麼好的房子，卻不曾想到死後會住更久的房子，那將是很大的錯誤。所以，我特別堅持要刻上這些文字：

此座紀念碑不傳給繼承人

我將在遺囑中規定，不得讓我的屍體受到羞辱。我想要請一位我的自由民看管我的埋葬之地，以防烏合之眾在我的紀念碑上大解。我請求你在上面雕刻著揚帆的船隻，以及我坐在法庭上，身穿元老院議員的衣袍，指頭上戴著五枚金戒指，從袋子中拿出錢來灑向眾人。你還記得吧？我有一度舉辦公眾宴會，發給每個人一個硬幣。

如果你贊成的話，應該還要刻一個宴會所，所有人都愉快地享受著。我的右邊要放佛楚娜妲的圖像，她手抓著鴿子，用皮帶牽著一隻小母狗；還要刻我的小男孩，一些美好的大酒壺，用木塞塞住，酒才不會蒸發。還有，你也可以刻一個破甕，還有一個男孩對著它哭泣；還可以在中間擺一個時辰儀，凡是想要知道時間的人，都一定會看到我的名字——無論他願不願意。至於所刻的文字，請仔細檢視這段文字，看看是否夠好：

這兒躺著

C．龐培斯．崔瑪奇歐

第二位米西納斯。

他被指定為米西納斯不在時的祭司。

他原可望成為羅馬審判官十人小組的一員，

但卻拒絕了。
虔誠、勇敢、體面，
他嶄露頭角。
他沒有學問，也沒受過教育，
卻在身後留下一百萬元。
再見；
你也好好保重！」

崔瑪奇歐唸完這份文件後突然大哭起來，佛楚娜妲也哭了，哈比那斯和僕人們也跟著哭了起來。房間裡充滿了所有家人的悲嘆聲，彷彿是在參加一場真正的葬禮——是的，我自己也開始哭了。崔瑪奇歐又繼續說話，他說：「嗯，既然知道我們終有一死，為何不盡量利用這一生？是的，讓我們跳進浴池中吧！我保證，你們情況不會更糟，浴池熱得像火爐呢！」

「對！對！」哈比那斯叫出來，「一天當兩天用；我最喜歡這樣了。」他赤著腳跳起來，拍著手跟在引路的崔瑪奇歐後面。

我則轉向亞希托斯，說道：「亞希托斯，你怎麼想呢？我覺得，現在光是看到浴場就會要了我的命。」

他回答：「我們先假裝贊成，然後，當他們走向浴場時，我們就趁亂逃走。」

我們同意了，由吉頓引路穿過柱廊。我們來到房門，看門狗對我們發出憤怒的吠叫聲，亞希托斯在驚慌中掉入了水池。我出手幫他爬出水面，但因為喝醉酒加上之前被畫裡的狗嚇到，自己也被拖了進去。門廳的主人救了我們，他出來干涉，叫狗安靜下來，並把渾身顫抖的我們拉了出來，踩在乾燥的地面上。吉頓發現了讓這隻狗解除武裝的好方法，他把我們吃飯時賞給他的東西丟給這隻叫個沒完的動物，牠的脾氣因此而緩和了下來，注意力開始轉移到食物上。我們又冷又濕，要求門廳主人讓我們出去，然而他卻回答說：「如果你們認為能夠從進來的地方出去，那就大錯特錯了。不曾有客人從同樣的門進出；他們從一個門進來，再從另一個門出去。」

那麼，不幸的我們現在該怎麼辦呢？被囚禁在這座迷宮中，我們被迫選擇唯一的出口——浴場，於是，我們毅然面對困境，要門廳主人告訴我們如何到浴場去。

我們脫下衣服，由吉頓在玄關中將衣服晾乾。我們走進浴場，發現它是一間狹窄的套房，崔瑪奇歐直直地站在最後一個冷水池那兒。就連在這種情況下，他也免不了要展現他那自誇的可厭習性：「遠離群眾洗澡是最愉快不過的事情了！」他還說，他這間浴場以前是一間麵包店。他感到疲累，立刻坐了下來，為浴場內的共鳴聲所迷，於是對著圓屋頂抬起酒醉的臉孔，張開口開始喃喃唱著古希臘詩人梅尼克拉特的歌——這是那些聽得出歌詞的人告訴我們的。

其餘的客人手牽著手，沿著浴池的邊緣跑著，使勁地笑著、叫著。其他人雙手綁在背後，努力要用嘴巴咬起鋪道上的環狀物，或者跪下來，向後彎身，試著去吻腳趾頭。當所有人忙著享樂時，我跟亞希托斯一起走進正在為崔瑪奇歐加熱的浴池。

藉著這種方法驅散酒氣後，我們被引到另一間餐廳，佛楚娜妲在那兒準備了一場很講究的宴會。我留意到掛在餐桌上的洋燈，上面有銅雕的漁夫微型繪畫，還有純銀的餐桌，桌子四周擺著鍍金的陶杯，美酒當著我們面前從一個酒囊中流瀉出來。

崔瑪奇歐立刻說道：「朋友們，你們知道，我的一名奴隸今天第一次刮鬍子，他是一個很小心又節儉的年輕人——但願我這樣說沒有冒犯他。所以，讓我們狂歡吧！一直持續到白天來臨。」他一說出這些話，就有一隻公雞開始啼叫。崔瑪奇歐想必為此感到很不安，就命人把酒倒在餐桌下面，還把一些酒灑在洋燈上，他甚至把一枚戒指從左手換到右手，說道：「公雞不會無緣無故發出警告聲，一定會有火災出現，或者附近會有人喪命。但願上天救救我們，讓我們免於苦難！只要有人把那隻預言凶兆的公雞帶來給我，我就送他禮物作為獎賞。」

說時遲，那時快，一隻公雞立刻從附近被抓了過來，崔瑪奇歐命人殺掉牠、放在鍋裡煮沸。那位手藝精湛的廚師把公雞殺了放進燉鍋中，不久前，這位廚師曾用豬肉做出獵物與魚。當廚師德達勒斯在讓這鍋東西滾沸時，佛楚娜妲就在黃楊木製成的磨臼中研磨著胡椒。

這道美食吃完後，崔瑪奇歐轉向僕人，說道：「什麼！你們還沒有吃飯嗎？你們現在就離開，叫備用人員替換你們。」於是，第二組隨從進來，正要離開的奴隸們叫著說：「再見，蓋烏斯！」而走進來的奴隸則叫著：「萬歲，蓋烏斯！」

此時，我們愉快的心情第一次受到干擾，一個好看的男孩奴隸跟一批新的傭人走進來，崔瑪奇歐抓住他，開始不斷吻他。佛楚娜妲看到這種情況，為了維護「她合法與正當的權利」——她本人是這麼說的——開始責罵丈夫，說他既可厭又可恥，無法克制自己下流的情慾，最後，她甚至用一個渾名罵他：「狗！」

崔瑪奇歐對佛楚娜坦的責罵很是生氣，於是把一個酒杯丟向妻子的臉。佛楚娜妲尖叫出來，好像一隻眼睛被弄瞎了，她顫抖著雙手拍著自己的臉。辛蒂拉同樣非常緊張，她用胸膛護著她發抖的朋友，同時，一位殷勤的隨從用一杯冷水清洗她的臉頰，這個可憐的女人垂下頭來，嘆著氣啜泣著。

但是，崔瑪奇歐繼續說了下去，「什麼！什麼！」他怒斥著，「難道這個婊子沒有記憶嗎？難道不是我從奴隸市場的攤子中把她贖回來，讓她成為自由的女人，與很多女人處於平等的地位？但是，看啊，她卻自我膨脹了起來，像寓言故事中的青蛙一樣。她太自傲了，不願對自己吐口水，這個笨蛋，如果妳誕生在一間茅屋，就不會夢想一座宮殿。是的，我一定要讓這個像卡珊德拉[3]一樣永遠不為人相信的女人理性一點！就算我只值兩分錢，還是可能娶到一位值一千萬的女人。妳知道我做得到！

隔壁那個女性香水製造商亞加索有一次把我叫到一旁對我說：『我給你一個暗示，不要讓你的種滅亡。』但是我很愚蠢，本性善良，不想表現得太善變，結果就是用斧頭砍了我自己的腿。好吧！我會讓妳心急如焚，急著想要用指甲挖開我的身體！為了在此刻展露妳自己所造成的傷害，哈比那斯，我禁止你把她的雕像放在我的墓碑上，這樣，我去世時才不會遭受任何的責罵。我會讓她知道，我是能夠傷害到她的，我才不會讓她吻我的屍體！」

---

[3] 卡珊德拉在希臘神話中是特洛伊的公主，同時也是一位遭到詛咒的女預言家，雖然預言百發百中，卻永遠不被人相信。

在崔瑪奇歐發了這頓火爆的脾氣後，哈比那斯開始懇請他遺忘、原諒這件事。哈比那斯以激烈的口吻說：「身為一個人，總是會犯錯的，我們畢竟是人，不是神。」辛蒂拉也這樣說，她眼中帶淚，乞求他平靜下來——以他的善良守護神為名義，並稱呼他為蓋烏斯。

崔瑪奇歐再也忍不住眼淚，叫著說：「是的，哈比那斯，要是我有做錯任何事情，就對著我的臉吐口水吧！我吻了那個善良又謹慎的男孩，並不是因為他長得漂亮，而是因為他是那麼節儉又聰明。我告訴你吧！他能夠朗誦十部作品，看書過目不忘，已經用每天的零用錢買了一件色雷斯人的衣服，也買了一張安樂椅和一對杯子。難道他不值得我寵愛嗎？但是，佛楚娜妲卻不准許我這樣做。妳很喜歡這樣，是嗎？妳這個沉迷於杯中物的妓女，我警告妳，珍惜妳擁有的東西吧，妳這個貪心的女人！不要惹我生氣，甜心，否則妳會知道我的厲害。妳了解我的，一旦下了決心，我是很硬心腸的！

我的好朋友們啊，請不要忘記活著的人，好好享受吧！昔日我也和現在的你們一樣，但是，我有我的優點，所以才能成為你們如今所看到的我，唯有進取心能造就一個人，其餘的都一文不值。『買的便宜，賣的貴』，我就是這樣。不同的人會告訴你不同的看法，但我恰恰好是那個非常成功的人。什麼，還在哭嗎？愛抱怨的豬！請注意，我會給妳一件值得妳哭的東西。我說過，我是因為節儉才會有今天的地位，我剛從亞洲來的時候，身高還不及這座燭臺，我告訴你們吧，我每天都用這座燭臺來量身高；為了能快一點在鼻子下長出鬍子來，我還用燈油塗抹嘴唇呢！有整整十四年的時間，我都讓我的主人感到很快樂，聽從主人的命令去做事並沒有什麼好羞恥的。

我也讓我的女主人很滿意，你們應該懂我的意思。我不想再說下去了，因為我不像你們那樣喜歡誇口。

最後，由於深得神祇的歡心，我成為房子的主人。看啊，我可以操縱我的主人於鼓掌之間。長話短說，他允許我跟皇帝成為共同繼承人，我獲得了一筆元老院議員的財富。但是，人是不懂得滿足的動物，我渴望成為商業鉅子，所以……簡言之，我建了五艘船，裝滿了酒——這在當時的價值等同黃金——再把船開到羅馬。你們可能會以為，是我下令要讓船沉沒的！你們八成不會相信，每艘船都泡水沉沒了，但這是真的，在一天之中，海神吞噬了我三千萬元。

你們認為我屈服了嗎？沒有，真的沒有！這次的損失只是更刺激了我的欲望，彷彿損失無關痛癢。我建造了更多的船，更大、更好、更吉利，直到每個人都承認我是一個很有勇氣的人為止。不入虎穴，焉得虎子，你們知道，一艘大船就是一次大冒險。我又在船中裝滿了酒、鹹肉、豆子、香料，以及奴隸。那時的佛楚娜妲對我而言，是真正的好妻子，她賣掉所有的珠寶和衣服，把一百塊金子放在我手上，這就是讓我發一筆小財的原動力。

只要是諸神的旨意，事情就會很順利地完成，在某次的航行中，我淨賺了一千萬元。我立刻買下屬於我主人的所有農場，我建了一間房子，買了牛畜，準備再賣出去。無論我觸碰什麼東西，它們就像蜂巢一樣長大。一旦發現自己的收入相等於國家的所有財源時，我便收手了，我不再從事商業，開始把錢借給自由民，而且，當我下決心不再做生意時，一位星相家也給了我同樣的忠告。他是一位矮小的希臘人，剛好來到我們的城鎮，名叫色拉巴，他知道諸神的所有祕密。

他說了一些我早就忘得一乾二淨的事，也清清楚楚地指出所有的事情，他知道我的底細，幾乎能說出我前天午飯吃了什麼，你甚至會有種錯覺，彷彿他這一生都跟我生活在一起。

「現在，哈比那斯，你告訴我——我想你當時應該在場，他是不是有對我說過：『你使用你的財富，讓一個女人騎在你頭上。你在選朋友方面很是不幸，不曾有人對你表達應有的感激，你擁有很大的地產，但卻養虎遺患』？我何不把這一切都告訴你？其實我還可以活三十年四個月零兩天，不久之後也可以獲得另一筆財富，這是命運為我準備的。如果我有幸把土地延伸到義大利的阿普利亞，那麼我有生之年將會有很棒的表現。

同時，藉著信使之神麥丘里的幫助，我已經建了這間房子。在你的記憶中，它本來是一間小房子，現在卻大得像一座宮殿。裡面有四間餐廳，二十間廚房，兩座大理石柱廊，樓上有很多間儲藏室，還有我自己睡的臥室，這個陰險的女人的起居室，一處很棒的住所供門房使用，而客房也能提供很多人住宿。史考路斯在海邊有一間屬於自己的祖傳豪宅，雖然如此，每當他造訪此地時，他還是最喜歡待在這裡了。是的，還有更多美好的東西，我要立刻秀給你看，相信我的話吧！如果你有一分錢，你就值一分錢；如果你有料，你就會被認為是一塊料。所以，你們眼前這位卑微的僕人，以前是一隻蟾蜍，現在卻是一位國王了。

史提楚斯啊，請拿出我下葬時要穿的壽衣、香膏，以及我要用來清洗骨頭的酒。」

史提楚斯一點兒也沒有耽擱，他把一件白壽衣和一件官吏的衣袍拿進餐廳，要我們摸摸看是不是用很好的羊毛製成的。然後，他的主人笑著補充說：「史提楚斯，注意別讓老鼠和蠹蛾噬蝕這些東西，否則我會把你活活燒死。我希望以非常莊嚴的方式埋葬，讓所有的人都能祝福我。」於是他打開一瓶甘松香油，在所有人的身上擦上這種香膏。「我只希望，」他說，「我死時會很快樂，就像我活著時那樣快樂。」他又下令把酒器斟滿，對我們說：「就想像你們是被邀請來參加我的葬禮宴會的客人吧！」

情況變得相當令人厭倦，崔瑪奇歐表現出令人噁心的陶醉模樣，命令下人提供新的娛樂。一群吹號角的人出現了，崔瑪奇歐躺在睡椅邊的一堆枕頭上下令：「就假裝我死了，吹奏美妙的音樂吧！」吹號角的人吹起高聲的葬禮哀歌，承辦喪葬的人當中，有一位——最盡責的那一位——吹出非常嘹亮的聲音，驚動鄰近的人。負責看管附近的警衛以為崔瑪奇歐的房子著火了，他忽然打開門，拿著水和斧頭衝進來，引爆了令人驚慌的混亂場面。我們抓住這個上好的機會，對亞加孟農彈彈指頭，慌張地離開，彷彿是從真正的火場中逃跑。

XI

午夜一片沉寂，沒有火炬來指引我們猶豫的步伐，也無法從突然現身的旅人那兒獲得一點亮光。更糟的是我們全都喝醉了酒，又對當地一無所知——就算是在白天趕路也顯得問題重重。我們拖著流血的雙腳，花了幾乎一小時走過各種障礙物以及鋪道上突出的碎石子，最後，是吉頓的機靈救了我們一命。

原來，他早就想到可能會迷路，在前天便預先用粉筆標出路上的每根柱子和標柱。他留下來的標記就連在最黑暗的夜裡也看得到，那顯目的白色記號為迷途者引了路。然而，好不容易回到客棧的我們又遇上了別的難題，年老的客棧女主人只顧著跟顧客大喝特喝，就算有人放火燒她，她也不會有感覺。我們原本可能要被迫在門階上度過一夜，好在崔瑪奇歐的車夫出現了，他掌管著十輛馬車，毫不耽擱地衝破了客棧的門，讓我們得以藉此進到客棧裡。

我走到寢室，跟我心愛的男孩上床。在吃完那頓豐盛的飯菜後，我慾火中燒，一心沉浸在愛的歡愉之中。

哦，那是多麼美妙的一夜！
臥榻多麼柔軟，神祇們啊！
我們的嘴唇多次在無上的喜悅中熱烈地相遇，
在每次的親吻中互換我們的靈魂。
我跟塵世的憂慮永遠說再見——
我發現死在你懷中是多麼甜蜜！

但是，我太早洋洋自得了。

我在喝醉的狀態中鬆開了手，而那個永遠在製造災難的亞希托斯，就趁著黑暗把男孩從我身上拖走，帶到自己的床上。非常肆無忌憚的，亞希托斯就這樣跟別人的寵兒在那兒淫蕩地滾來滾去，而這個寵兒可能沒有注意到這種欺詐行為，也可能只是假裝不去注意。亞希托斯睡著了，享受著他沒有權利享受的擁抱，完全無視於人類間應有的正義。

我醒過來，摸索著床，發現為我帶來快樂的人兒不見了。我敢藉著情人們視為神聖的一切事物發誓，當時我曾想要拔起劍，把他們兩人刺死在床上，但我立刻想到比較保險的方法，於是我用力走動，驚醒了吉頓。我用嚴肅的表情看著亞希托斯，嚴厲地說道：「你卑鄙的行為破壞了我們之間的信任，也傷害到了彼此的友誼。儘管拿走你的行李，找另一個地方去表現你那可憎的行為吧！」

他沒有表示反對。但是，當我們分毫不差地平分了搶來的東西後，他卻對我說：「現在，我們來平分這個男孩吧！」我以為這只是分別時的玩笑話，不過他卻無情地拔出一隻劍。他叫道：「你將永遠享受不到你想擁有的禁臠。我受到了藐視，我要爭取我應得的那一份，就算必須用劍把它切開。」

我也撂下一樣的話，然後用斗篷包住手臂，擺出戰鬥的姿勢。

目睹我們狂暴的憤怒，男孩表現出可憐兮兮的驚惶模樣，撲倒在我們的膝蓋旁。他流著眼淚，請求我們不要在一間小客棧中重演兩個底比斯兄弟的悲劇，不要以彼此的血汙染了如此高貴又神聖的友誼。

吉頓大聲說：「但是，如果一定要有人犧牲的話，看啊！我就躺在這兒，袒露著喉嚨；刺這兒吧，把劍鋒刺進這兒吧！該死的是我，因為我破壞了神聖的友誼。」

聽到他這樣請求，我們都收起了劍。亞希托斯先開了口：「我會結束這場爭論的，讓這個男孩跟他想要的人走，這樣他就可以完全自由地選擇自己的朋友和最喜歡的人。」

當時的我自認自己跟吉頓有著長久的親密關係，就像血緣那般強而有力，所以一點也不感到擔心，反而高興又熱切地接受了這項提議，希望能讓我們的問題藉由這種方式得到解決。然而，我應允的話才剛說出口，吉頓沒有表現出一會兒的猶疑，也完全沒有露出猶豫的神色，便跳了起來，宣稱他選擇了亞希托斯。

面對這個結果，我震驚得像遭到雷劈，撲倒在床上解除了武裝。絕望中的我本想自我了斷，但我不服輸，不願承認我的對手獲勝。亞希托斯帶著他的「獎品」得意洋洋地離開，留下我一個人孤獨地在一個陌生的地方，不久之前，我還是他最珍貴的伙伴，一起經歷所有的奇遇。

友誼是一個名字，是「權宜」的伴侶，
它象徵多變的棋盤。
當幸運之神站在我們這一邊，我們的朋友會很忠實；
幸運之神一旦改變，變節的伙伴再見！
因此，在舞臺上，有人扮演父親，
有人扮演兒子、富人，展現出藝術的靈活；
一旦表演結束，不論是嚴肅還是輕鬆，
面具拿下，真相重新發揮影響力。

然而，我沒有太多時間沉溺於悲傷中，我擔心那位低階教授梅尼勞斯會發現我獨自一人留在客棧中，這樣情況將會更糟。我打點好隨身行李，帶著一顆悲傷的心離開。我租了一間靠近海岸、人跡罕至的住屋，把自己關在那兒三天之久，孤獨與屈辱的感覺縈繞心頭。我將所有的時間拿來捶打我可憐的胸膛，多次發出深沉的呻吟，不斷哭泣。

「哦！大地為何不將我吞噬？溺斃無辜水手的大海為何饒過了我？儘管我逃過了法律、欺騙了絞刑架、殺死了我的主人、多次證明了自己的勇敢……如今卻還是躺在這兒，像個乞丐或流浪漢，孤零零地待在一個微不足道的希臘城市？

是誰害我淪落到這種悲慘的境地？是一個被淫慾沾染的年輕人！連他自己都承認他應該遭到放逐。他靠著出賣自己的身體贏得自由與公民權，他的青春出賣給出價最高的人，以男孩的模樣為人所知，卻又以女孩的身分賣淫。

至於另一個人，他早在青春時期就穿上了女人的服裝，打從娘胎時就有改變性別的傾向，成為一大群奴隸的妓女，在欺騙了我並交換體溫來滿足他的色慾之後，背棄了老朋友，哦，好個惡名昭彰的人啊！宛若粗鄙的妓女，在夜晚的邪惡勾當中出賣了一切。現在，這對『愛侶』整夜躺在一起，彼此緊緊擁抱。在激情縱慾之後，他們也許會在筋疲力盡之餘嘲笑我的形單影隻，但是，他們不會逃過處罰的！身為一個男人，身為一個羅馬公民，我要他們用罪惡的血平反他們對我所造成的傷害！」

我如此說著，把劍佩戴好，為了不讓虛弱的身體阻礙我的戰鬥意志，我吃了豐盛的一餐，重振體力。我立刻出發，像瘋子一樣來回尋覓，穿過所有的公共柱廊。我如此穿梭著，憔悴又兇暴的神色透露出血腥與殺戮，一隻手則死抓著要用來報復的劍。有一個士兵看到了我——但願他只是一個單純的士兵，而非夜晚的攔路強盜。

「喂！伙伴，」他叫著，「你是哪一個軍團的？隊長是誰？」我說出軍團以及隊長的名字，雖然是謊言，但卻表現得很堅定。

1 希臘神話中，年輕俊美的特洛伊王子——甘尼梅德被宙斯化成的老鷹抓到奧林帕斯山，擔任斟酒的工作。

2 希臘神話中，海勒斯是赫克力斯的侍衛，隨著赫克力斯乘船尋找金羊毛，他們停靠在西歐斯島（cios）尋找水源時，水精靈娜伊德愛上了海勒斯，將他帶往了泉水深處。

「嗯，」他回答，「你那個單位的人都穿著希臘涼鞋在街上遊蕩嗎？」我的表情和激動的樣子暴露出我的心虛，於是他命令我放下武器，警告我別惹麻煩。

在失去報復的工具後，我循著原路回到客棧，原本的決心也逐漸消失，甚至開始感激起這名攔路強盜的大膽干涉。太信賴先見之明果然是行不通的，畢竟幸運之神有祂自己的運作方式。我發覺，要克服報復的渴望並非容易的事，夜晚，我把一半的時間花在與內心進行焦慮的辯論，我渴望能排解受傷的心情、忘記屈辱的感覺，於是在黎明時分起床，出門參觀不同的柱廊。

最後，我進入一間畫廊，裡面有各種風格的傑出畫作。我在那兒看到宙克西斯的作品，雖然歷經歲月的流逝卻仍舊沒有遭到損害。我也以敬畏的心情瀏覽普羅托格尼斯的一些素描，他透過他的作品跟大自然競相比較誰的描述更為逼真。然後，我以敬仰的心情讚賞亞培雷斯的作品，也就是希臘人所謂的單彩作品，畫家巧妙又準確地勾勒出形體，你彷彿能看到靈魂被描繪了出來。有的畫描繪出老鷹飛翔到高空，鷹爪抓著甘尼梅德[1]。有的畫描繪英俊的海勒斯在娜伊德多情的懷抱中掙扎著[2]。還有一部作品描述阿波羅在詛咒自己那隻殘暴的手，並且用新長出的風信子花裝飾那台未上弦的豎琴[3]。

置身在這些以舉世聞名的愛侶為主題的畫作中，我突然叫出聲來，獨自一人自言自語：「這樣看來，就連諸神也為愛情所困。天神朱比特在他自己的地盤——天堂——之中也無法找到合適的對象來表達心中的熱情；他甚至紆尊降貴，追求塵世的情愛，卻不曾傷害到信賴他的情人的心。要是那位迷惑了海勒斯的水精靈娜伊德知道，赫克力斯會來斥責她對海勒斯狂熱的愛，她就

[3] 風信子學名Hyacinthus，也是阿波羅最鍾愛的朋友——海辛托斯的名字。某次，兩人一起擲鐵餅，善妒的西風之神趁阿波羅擲出鐵餅時，將鐵餅吹向海辛托斯並擊中前額，害他當場身亡。血泊中開出了一朵風信子，傷心的阿波羅便以海辛托斯的名字為風信子命名。

會克制住自己的熱情了。阿波羅在一朵花之中重現了對寵愛的人兒的記憶。所有這些虛構的情人都能夠隨心所欲，不會受到情敵的干預。我卻擁抱了一位背信的朋友，而他，甚至比里克格斯還要殘忍！」

當我如此對著天堂的風控訴時，一個白髮蒼蒼的老人走進柱廊，他的臉上呈現出苦思的疲倦神情，透露著神祕又不尋常的意味。然而他的衣服卻一點也不顯眼，他顯然屬於文人階級，相當被富人所看不起。

這個人走向我，對我說：「先生，我是一個詩人，我相信自己是個很有天分的詩人——如果詩人的頭銜有任何意義的話。我承認，不公平的偏袒時常讓人把這個頭銜賜給不應得的人。你也許會問：『那麼，為什麼你穿這麼差的衣服？』正是因為我是一個天才，對藝術的熱愛何曾使得人們變得富有？

海上的商人獲得無數的錢財；
刻苦的軍人贏得黃金製成的戰利品；
諂媚的人躺在泰爾人的紫色被單上；
通姦者的財富足與克羅修斯匹敵。
只有學問穿著破衣抖縮著，
祈求冷漠的繆斯幫助，但卻是枉然！」

「你說的千真萬確；如果有人宣稱自己要與各種惡德作戰，勇敢地踏上正直的路，那麼，人們就會厭惡他所懷抱的非凡道義，有誰會贊同迥異於自己的習性呢？再者，若有人滿腦子只想著要累積財富，便無法容忍別人擁有比自己更高貴的信念。所以，他們會以各種方式仇視喜愛文學的人，把他們放到自以為恰當的地方——比財富更低下。」

「我無法了解，為何貧窮總是和才華互為姊妹。」我說，嘆了一口氣。

老年人說：「你為文人哀傷，這樣很好。」

「不！」我回答，「我並不是因此而哀嘆，我之所以悲嘆，是有另一個更深沉的原因！」人類有一種普遍的傾向，習慣向別人傾訴自己的悲愁，於是我把自己所有的不幸告訴了他。我猛烈抨擊亞希托斯的背信忘義，多次發出呻吟聲，我對老人說：「我的敵人害我淪落到這種被迫禁慾的處境，但願他僅剩的一點良心能發揮作用。然而，他是一個冷酷的罪人，比最卑鄙的淫媒更加狡猾而伶俐！」

這個老年人對我的坦誠感到很愉快，於是努力的試圖安慰我，為了轉移我的憂傷思緒，他把自己經歷過的一場情色歷險告訴了我。

「我去亞洲的時候，」他開始說，「是去當會計官的受薪隨員。我當時跟一家人住在培加穆斯。我的住處非常舒適，既方便又高雅，主人的兒子則十分俊美。為了不讓房子的主人懷疑我勾引他的兒子，我想出了一個的妙計，每當有人在用餐時談論到猥褻美少年的話題時，我便表現得極為憤怒，為了表示自己受到冒犯，我大聲提出抗議，展露出嚴厲的神色，抗議這種卑鄙言論汙染了我的耳朵；那一家人——尤其是家中的母親——因此認為我是最偉大的道德家與哲學家。不久後，我被准許帶著這個男孩到健身房，也負責督導他的學習、教導他的行為，防範有人闖入家中玷汙他的身體。

有一次。學校因為假日而提早關閉，玩樂之後的我們懶得回臥房，便留在餐廳睡覺。大約午夜的時候，我發現男孩醒著，便以低沉又柔和的聲音喃喃唸著膽怯的祈禱：『維納斯夫人啊！要是我可以吻這個男孩，並且不被他察覺，那明天我就會送給他一對鴿子。』

男孩聽到我為了滿足慾望所提出的代價，就開始打鼾。我悄悄接近，他仍躺在那兒假裝睡覺，於是我迅速地偷吻了他兩、三次。

我很滿足於這樣的開始，第二天早晨我很早便起床，帶給這個渴望的男孩一對精心挑選的鴿子，實現了我的誓言。

第二天晚上，同樣的機會出現，我改變了祈禱的內容：『要是我能夠恣意撫摸這個男孩而不被他察覺，那麼我將送他一對最好的鬥雞，回報他的順從。』

男孩聽到這種許諾，就自動靠了過來，依偎在我身上。我猜，他應該很害怕我真的睡著吧！不久，我就讓他寬心，在他美妙身體的每一處大大滿足了我的渴望，只差沒享受到最終的歡愉。白晝來臨後，我把承諾的禮物給了他，他因此感到十分快樂。

到了第三夜，我又有機會嘗試，我跟往常一樣起身，悄悄爬到這個小無賴那兒。他躺在那兒等著我，我對著他耳邊低語：『不朽的諸神啊，但願我能夠在這個睡著的可人兒身上充分又愉快地滿足我的愛，一旦獲得這種快樂，我明天會送給這個男孩一匹擁有馬其頓血統的駿馬，是人們所能買到最棒的駿馬，但條件是：他不會察覺到我的冒犯。』

這個小伙子睡得再熟也不過了，於是我開始撫摸他堅實而雪白的胸部，然後吻他的嘴兒，最後，我把所有的熱情投注在那種至高的快感中。第二天早晨，他靜靜地坐在房間，跟平常一樣等待著我的禮物。

是的，你跟我一樣清楚，買鴿子與鬥雞，比買一匹駿馬容易多了，除此之外，我也擔心如此昂貴的禮物會引起別人的懷疑——我慷慨的表現目的何在？在散步了大約一個小時後，我回到房間，吻了這個男孩一下，僅此而已。他環顧四周，露出探詢的神色，然後用手臂環抱著我的頸子，他說：『先生，請告訴我，我的駿馬在哪裡？』

我回答：『要找到一匹血統夠好的駿馬，是一件相當困難的事。你必須等個幾天，好讓我實現諾言。』

這個男孩非常聰明，他輕易地看穿了我虛偽的回答，他的臉上露出了憤怒的神色，以表示對我的憎惡。

由於這次的背信，我把小心經營的機會之門給關閉了，不過我還是再次對他展開進攻。幾天之後的一個夜晚，類似的情境又給了我下手的機會。一聽到男孩的父親打鼾，我便請求他再度成為我的朋友，讓我與他交換快感，並提出我在色慾薰心下所能想到的所有理由。然而，他非常不悅，只對我說了一句話：『去睡覺，否則我要告訴我父親。』

只要臉皮夠厚，再怎麼大的困難都能夠克服的。他仍然不斷地威脅我：『我要叫醒我的父親！』但我早已溜上他的床，儘管有些抗拒，我還是在他身上享受到快感。無論如何，我下流的進攻讓他感到十分愉快，他以一連串的言語抱怨我欺騙他、哄誘他，害他成為同學的笑柄，因為他曾向同學炫耀自己擁有一個富有的朋友，然而，抱怨過後他低聲的說：『我不想要像你那樣不厚道，如果你喜歡的話，就再來一次吧！』

我忘記我們之間所有的爭論，順從了我親愛的男孩的意思。在利用了他好心的允准之後，我在他的懷中睡著了。但是，這個小伙子並不滿足於僅僅再來一次，他已經準備好要接受性愛，並且就生命的那段時間而言，也準備好要接受被動的歡樂。他把我從睡夢中叫醒：『嗯，隨你高興去做吧！』他說。到那時為止，我都很樂意接受他的提議，也盡我所能的擺弄、取悅他的身體，伴隨以喘氣與流汗，滿足了他的願望，我在快感中筋疲力盡，再度沉沉睡去。

不到一小時後，他又捏我，問道：『為什麼我們沒有在做呢？』我開始對他這樣不停打擾我的睡眠而感到十分厭煩，我發了怒，用他自己說過的話回應他：『去睡覺，』我叫著說，『否則我要告訴你父親！』」

聽完這位同伴的敘述，我的精神為之一振，開始問他這些畫作的日期，以及當中一些讓我感到困惑的主題，因為他在這方面懂得比我多。我還問了他一個問題：「為何當今的世界透露出懶散的氣息？最高貴的藝術完全衰微，其他的畫也是如此，完全顯示不出以往的卓越。」

他回答：「對金錢的貪婪造成了這種改變。在早期，人們仍然尊重顯而易見的價值，所以通識學科很流行，而人們競爭的主要目標，便是把那些可能有利於未來的東西彰顯出來。為了達到這個目的，德謨克利特從每種藥草中抽取汁液，一生都在進行實驗，以便發現礦物與植物的每種用途。同樣的，歐多克索斯住在一座高山的頂端，觀察著星辰與蒼穹的動態，直到白髮斑斑；而克利希波斯三次用黑黎蘆清靜頭腦，刺激腦部的能力與創造力。

不過，請想想這些雕刻家吧！利希普斯沉迷於雕塑，以致於沒吃東西而餓死；米隆用青銅具體化了人與獸的靈魂，死時窮困到找不著一位繼承人。我們卻專注於酒與女人，沒有心思來欣賞這些藝術，我們只會批評古代，在格言與實務中把所有的精力都專注在古代大師們的缺點上。辯證法變得怎麼樣了？星象學變得怎麼樣了？曾經如此用心栽培的哲學變得怎麼樣了？至今，還有誰會走進神殿，祈願要培養流利的口才，或發現智慧的泉源？

健全的智慧與健康已不再是人們祈禱的目標，人們的腳甚至都還沒踏上朱比特神殿的門檻，便開始向神許諾奢侈的祭品。有人的條件是，讓他可以埋葬一個富有的親戚；有人的條件是，讓他可以挖掘出一些財富；還有一些人的條件是讓他有生之年能夠賺進三千萬元。元老院原本是正義與善良的象徵典範，如今卻經常許諾要給朱比特一千磅的黃金，更有甚者，為了不讓人們對金錢之慾感到羞愧，元老院甚至連天上的天神都賄賂！如果神祇與人類都認為，一大堆黃金比那些絞盡腦汁的希臘人──畫家亞培雷斯與雕刻家菲迪亞斯──所創造出的作品都更好看，那麼繪畫的式微又有什麼好奇怪的？

我發現你的注意力都集中在特洛伊城被攻陷的那幅畫，且讓我以詩來闡釋這個主題[4]：

到了第十個夏天，佛里幾亞人心中充滿懷疑，人心惶惶，
儘管有神諭，但預言家卡爾恰斯的信仰搖擺不足又虛弱無力，
此時，在聽到阿波羅的言詞後，
絕頂的艾妲山樹林高處提供了最高大的樹木，
製造出一匹怪馬的架構。
怪馬裡面有一個巨大的的窟窿和祕密通廊，
足以容納一支軍隊，和所有希臘人的精英，
因為十年的傾軋激起了怒氣；
他們自己的感恩祭獻掩蔽著一群復仇的人！
哦！我不快樂的國家！現在我們夢想
一千隻船分散開來，
我們的國不再有敵人。
謊言就這樣寫在木馬的側面，
還有一則故事：
讓木馬之計得逞的希農擅長阿諛，心懷背叛。

[4] 此詩描述了特洛伊戰爭的諸多細節，詳見P234「劇情之外」。

現在，高喊的特洛伊人很高興終於自由了，
他們經由大門對著和平的誓約歡呼著，
眼淚抒解了歡樂帶來的興奮。
但是恐懼的感覺卻壓抑了他們勝利的心情；
看啊！海神的祭司，知道木馬有詐的拉奧孔，頭髮鬆開，
他的警告叫聲遏阻了急切的群眾！
他投擲那支揮舞著的矛，但卻被命運所挫，
那支矛落了下來，沒有造成傷害；
這再次激起了他們的不祥想法，認為希臘人很狡詐。
然而拉奧孔再度凝聚所有的力量，
斧頭深深砍進怪木馬的一邊。
關在裡面的戰士發出迴響的呻吟，
木製的馬身充滿了異樣的恐懼氣息。
白費功夫！裡面的人仍舊攻占了特洛伊，
藉著詐欺而非武力結束了冗長的戰爭。
另一次奇蹟！在深幽的高塔——
特尼多斯山峭壁的上方，

波濤沖擊，激起泡沫，
一陣可怕的吼叫打破大海的沉寂，
就像在一個安靜的夜晚，船槳的悸動聲傳到了陸地，
同時船隊駛過遠方的海洋。
我們轉動目光；在滾滾波浪中，
兩隻水蛇朝向海岸伸延；
牠們的側腹像高聳的船隻，把水沫拋向身後，
牠們沖擊海洋，頭頂駕馭著波浪，
發出猛烈的亮光，正如牠們的眼睛，
閃光點燃了海的深處，巨浪發出嘶嘶聲與吼叫聲。
所有的人都吃驚地凝視著。看啊，就像
祭司穿著佛里幾亞人的衣袍，拉奧孔的孿生子站在那兒，
他們是他愛的孿生誓言，那兩條兇猛的蛇
緊緊纏繞著他們。兩個兄弟各舉起雙手，
那孩童的雙手，試圖保護對方的頭，
啊呀！白費工夫；殘酷的死亡
從無私的愛裡創造出一種更強烈的痛苦。

他們的父親太虛弱，無法拯救他們，慘遭同樣的命運。
兩隻怪物嗞下鮮血，把他拉扯下來；
在自己的祭壇旁，祭司在鮮血中翻滾著，
在痛苦中犧牲了生命，倒在地上。
如此，命運已註定的特洛伊諸神
從被玷汙的聖地趕走了。

升起的月兒才剛展露光芒，
在星星之中點燃了明亮的火炬，
此時不耐煩的希臘人打開門閂；
朝向被沉睡與美酒出賣的特洛伊，
穿著甲冑的戰士衝過去，
就像剛掙脫了束縛，
一匹迪瑟利駿馬奔馳在跑道上，
甩動著透露出渴望意味的馬鬃。
戰士們抽出閃亮的劍，揮動著盾，喊叫著，
『殲滅！』一位戰士刺戮那位喝醉的酒鬼，

另一位戰士從祭壇火燄中搶走一塊燃燒著的木頭，
燒毀這個城鎮——特洛伊的神殿武裝了敵人的雙手。」

在柱廊中漫步的民眾開始對這個朗誦詩歌的人丟石頭，尤莫普斯似乎很習慣展現才華時所招來的「喝采」，他遮住頭，快速地逃離神殿。我擔心他向旁人宣稱我也是一名詩人，於是開始追逐這個亡命之徒，並在海岸邊趕上了他。一旦遠離石頭的投擲範圍，我們便停了下來。

我問他：「你這樣把情況搞得一團糟是什麼意思？我跟你在一起還不到兩小時，你就表現得像一個瘋詩人，而不是一個明智的人，難怪人們要對你丟石頭。我要在口袋中裝滿石頭，每看到你的頭腦有問題，我就要用石頭打破你的頭。」

聽到我這樣說，他改變神情，然後說：「哦！我的年輕朋友，今天絕不是我第一次這樣做。每當我進入戲院，朗誦一篇無足輕重的作品時，聽眾們總是會這樣對待我。然而，我很不想跟你吵架，所以我決定一整天都不再朗誦詩歌。」

「很好，」我說，「要是你發誓今天都不再做出瘋狂的行徑，我們就一起吃飯。」說完，我委託我小房間中的管家準備了簡單的一餐，於是我們立刻走向浴場。

XIII

進到浴場時，我看見吉頓拿著很多毛巾和刷具，靠在一道牆上，臉上露出憂鬱的尷尬神色。你可以輕易的看出來，他是一個很不情願的僕人。

彷彿是為了向我證明我沒認錯人，吉頓轉向我，臉上露出愉快的微笑說道：「哦，兄弟，請同情我！此刻並沒有可怕的武器威脅著我，所以我能夠自由地說出實話。請救救我，救救我吧！把我從那個殘酷的惡徒手中救出來，然後對我——這個如今已改過向善的人——宣讀你的判決、施加你所喜歡的任何懲罰，無論這懲罰將會多麼嚴厲。在如此痛苦的時刻，如果能為了取悅你而喪命，我也會感到很欣慰的。」

我要他停止辯解，以免有人識破我們的計畫。此時，尤莫普斯正專心對著跟他一起洗澡的人朗誦一首詩。我丟下他，把吉頓拉向一條黑暗又骯髒的通道，跑回我的住處。在把門閂好之後，我抱著他的頸子，用顫抖的雙唇壓在他被眼淚沾濕的臉上，過了許久之後，我們才有辦法講出話來。我親愛人兒的胸膛在啜泣中快速的顫動著，我自己的胸膛也是如此。

「我為自己罪孽深重的脆弱感到羞愧，」我叫著說，「但即便如此，我仍然愛你，雖然你狠狠地遺棄了我，那刺穿我內心的傷口並未留下疤痕。關於你臣服於那個人的事，你有什麼話要說呢？難道我活該受到如此嚴重的屈辱嗎？」

他看出我仍然愛他，於是裝出比較不沮喪的神情：

「責罵與愛——如何使這兩者和諧共存呢？

這個任務甚至連赫克力斯都辦不到。

讓愛出現，讓所有憤怒的激情停止吧！」

「然而，」我禁不住又說，「我從沒想要把成為你的愛侶的權利讓給除了我以外的人。聽著，只要你真誠悔罪，一切都可以原諒與遺忘。」

我一面說一面呻吟、流淚。

說完後，這個可愛的男孩用披風擦乾我的臉頰，說道：「恩可皮烏斯，請你回想當時的情況，是我遺棄你，還是你拋棄我？我樂於承認一件事，那也正是我那樣做的理由：當我看到你們兩人都拿著劍時，我只能選擇較強的一方，以策安全。」

我吻了他那洋溢著智慧的胸膛，手臂緊抱著他的頸子。為了讓他知道他已重獲我的愛，證明我的感情與決心跟以前一樣強烈，我將他緊緊壓在我心口的位置。

天色已十分黑暗，當尤莫普斯前來敲門時，女管家已經按照我的吩咐準備好晚餐。我叫出聲來：「你們有多少人？」並透過門縫察看亞希托斯有沒有跟上來。我發現我的客人是單獨前來的，便迅速跑去將他引進房內。他撲倒在我的草墊上，一看到吉頓跟在我身邊走來走去，就搖著頭說：「我喜歡你這位像侍童甘尼梅德的吉頓，我們今天將會有一段美好的時光。」

我對他這種輕浮的開場白感到很不高興，擔心自己又對另一個亞希托斯敞開了大門。尤莫普斯顯得愈來愈心急，要吉頓為他倒酒。

「我喜歡你，」尤莫普斯說，「勝過浴場中任何一個人。」他急切地喝光酒，又補充說，他一生中從不曾這樣苦惱過。「我告訴你，我剛才差一點就在浴場裡挨揍了，只因為我試圖對在浴盆四周洗澡的人反覆唸著同一首詩。就像在戲院裡一樣，我被趕出那地方，然後，我開始在每個角落尋找你，使勁叫著：『恩可皮烏斯！恩可皮烏斯！』

那些奴童把我當作瘋子看，非常無理地嘲諷我、模仿我。在不遠處，一個裸體的年輕人弄丟了衣服，正在吉頓身後大吼著喧囂、憤怒的言語。那個年輕人不久後就被一群人包圍了，眾人拍著手，對他表現出敬畏的讚賞之情，因為他的那話兒異常雄偉，大小與重量都十分驚人——跟偉岸的性器官相比之下，他的身體彷彿才是附屬物。哦，可以不屈不撓地幹活！我跟你保證，他絕對是那種從昨天開始、到明天才會結束的人！

不久後，那個年輕人就找到一個脫困的方法了，一個旁觀者——據說是一位聲名狼藉的羅馬武士——用自己的衣服將這個裸著身體徘徊的可憐人包起來，把他帶回家了，我猜他這麼做是為了獨享這麼豐盛的果實。要不是臨時找了個保證人，我根本就沒有辦法從浴場老闆那兒取回我的衣服了，唉，難道培養性器竟比培養心智更加有好處嗎？」

在尤莫普斯敘述的同時，我不斷改變臉上的神色，時而為我可憎的對手所遭遇的不幸感到幸災樂禍，時而為他成功脫身而憂傷。

我沉默不語，假裝對此事毫無感覺，然後開始擺設餐桌。一旦餐桌擺設完畢，不怎麼豐盛的食物就端上來了。菜色雖然普通，但很有味道又很實在，這位餓慌了的客人開始大吃特吃，以下列的詩行稱讚食物的簡單可喜：

凡是能滿足我簡單需求的萬物，
都是由仁慈的天堂賜給我們，抒解飢餓之火；
野菜以及來自森林樹上的莓果
就足以滿足強烈的食慾。
什麼人會在溪旁時仍然口渴，會在火災時面向冬天的疾風？
法律被武裝，以保護婚姻床笫，
無瑕的貞潔新娘獻出了童貞。
只要是必須的東西，慷慨的大自然都會提供；
驕傲只會活在放縱的騷動中！

這位哲學家在滿足口腹之慾後開始說教，他大肆批評一些事情，諸如輕視常見的事物，只看重昂貴與稀有的東西；基於變態的嗜好，人們輕視那些准許被做的事，對於被禁止的事反倒表現出一種病態的偏愛。

輕易的成功，沒有刺的玫瑰，
即刻的勝利，都是我所輕視的。
從遠方的柯爾齊斯帶來的雉雞
以及非洲飛禽！這些是不斷被追求的美食，
因為牠們是珍奇的東西；
鵝及羽毛鮮艷的鴨子則不是，牠們是粗俗的食物。

昂貴的孤岩以及犧牲可憐漁夫的生命
而從希爾特斯海岸捉到上等魚，大家都愛；
烏魚已經不流行。
現代的人遺棄妻子，去向妓女求愛；
玫瑰讓位給肉桂。
凡是不以高價購得的東西都被認為沒有價值。

我對尤莫普斯叫道：「你難道是用這種方式遵守今天不朗誦詩歌的承諾嗎？問問你的良心吧！好歹應該要饒過我們，畢竟我們不曾對你丟過石頭。在這房子裡喝酒的人之中，只要有任何一個發現你的詩人身分，他就會鼓動整個地區的人，讓我們陷入毀滅的境地。請同情你的朋友們吧，請記住在畫廊和浴場的教訓吧！」

但是十分紳士的吉頓卻勸我別這麼說，他說，如此譏笑我的長者是很不好的行為。他還說，我忘了我身為主人的責任，出於慈悲邀請一個人吃飯卻又侮辱他，等於是取消了對他的恩惠。其他更多飽含節制與智慧的話，之後一一從他美妙的嘴裡高雅地流洩而出。

「身為這樣一個兒子的母親真是幸運！」尤莫普斯大聲說，「繼續說吧，善良的年輕人，祝福你發達！很少有人能將智慧與美結合在一起。請不要認為你所說的一切是白費工夫，你已經得了一個情人！我將在我的詩中歌頌你，我會到處教導你、保護你、陪伴你，就算你不吩咐我。恩可皮烏斯也沒有什麼好抱怨的，畢竟他愛著另一個人。」喋喋不休的尤莫普斯想必非常感激那個從我手中把劍奪走的軍人，否則我對亞希托斯的怒氣一定會發洩在他身上。

吉頓看到這個情況便溜出房間，假裝要去取水，他明智地選擇離開，緩和了我強烈的憤怒。我稍稍平息怒氣，對尤莫普斯說：「先生，我寧願你談論詩，也不要你懷有這種希望。我是一個熱情的人，而你是一個放蕩的人，請注意，我們的性格永遠無法和諧。你就當作我瘋了吧，就接受我的瘋狂吧！換言之，請立刻離開這間房子，一會兒也不要耽擱。」

我突然爆發出來的怒意讓尤莫普斯感到很驚惶，他沒有向我追問原因，只是立刻離開房間，並且在身後關起門，將我反鎖在房間裡面。尤莫普斯帶走了鑰匙，匆匆跑去找吉頓，留下了驚訝不已的我。

被關在房裡的我決定以上吊結束所遭受的痛苦。我將腰帶繫在床的框架上，正當我要把套環套在頸子上時，門突然被推開，尤莫普斯跟吉頓走進來，把差點走向死亡的我救了回來。吉頓由痛苦轉為憤怒，他發出刺耳的尖叫聲，用力把我推到床上。

「恩可皮烏斯，」他叫著，「要是你認為可以比我先死，那你就錯了。我早在你之前就試過了，我在亞希托斯那兒找到了一把劍，要不是我找到了你，我早就打算跳崖自盡。現在，為了讓你知道，死神永遠不會離那些尋覓他的人很遠，就讓你看看你原本要讓我目睹的場面吧！」

話一說完，他從尤莫普斯的僕人手中搶走一把剃刀，一再地割著喉嚨，最後倒在我們腳旁。我發出驚恐的叫聲，撲倒在吉頓身旁的地板上，試圖用同一隻剃刀結束自己的生命。然而，吉頓身上並沒有出現一絲絲受傷的痕跡，我也感受不到任何痛苦。原來，這隻剃刀並沒有利刃，它是一隻故意弄鈍的刀，用來訓練理髮師的學徒，難怪剃刀被搶走的時候，尤莫普斯的僕人並沒有露出驚慌的神色，尤莫普斯也沒有盡力去阻止假悲劇的發生。

就在戀人們正上演著這種愚蠢的戲碼時，房東端著另一道菜走了進來，緊盯著以不雅姿勢躺在地上的我們。

房東開口問說：「你們全都喝醉了嗎？還是你們是亡命之徒——抑或兩者皆是？是誰把那張床靠在牆上的？你們在祕密進行著什麼事情？天啊，你們這些惡棍，你們想要趁夜晚逃走，不付房租？我說啊，不要那麼放縱，我要讓你們知道，這個地方並不屬於一個可憐的寡婦，而是屬於馬可斯・曼尼修斯。」

「你在威脅我們，是嗎？」尤莫普斯叫著，扎扎實實地打了房東一個大耳光。房東把被客人喝光的土製酒瓶丟向尤莫普斯的頭，在他的前額上割出了一個洞，然後衝出房間。

尤莫普斯惱羞成怒，抓起一座木製燭臺，追著逃走的房東，不斷敲擊對方，為自己所受的傷討回公道。整個房子的人都擠到現場，還有一群喝醉酒的顧客。現在，我報復的機會來了，我開始攻擊尤莫普斯，把這個惡棍趕出去。這樣一來我就沒有對手了，可以自由地享用我的房間以及夜晚的愉快時光。

此時，不幸的尤莫普斯被鎖在門外，遭到傭人和各種房客的襲擊。有人用沾滿滾燙雜碎的叉子瞄準他的眼睛；有人從廚房的爐臺拿起肉鉤，擺出戰鬥的姿態。首先是一個眼睛佈滿血絲的老太婆，繫著非常骯髒的圍巾，足蹬木屐——一雙很奇怪的木屐，她拖著一條綁在鍊子上的大狗，要牠去攻擊尤莫普斯，但尤莫普斯表現得十分英勇，用那座燭臺抵擋了所有的攻擊。

我們透過迴轉門上扭斷手把後留下的洞觀看外面的情景。看到尤莫普斯被人毆打，我很高興；相反的，軟心腸的吉頓主張要打開門，把他從危險中救出來。我心裡仍然充滿了憎意，控制不住自己的手，於是往同情詩人的吉頓頭上重重打了一拳。他在床上坐下來，哭了起來。

我先是用一眼窺看，接著換用另一眼對著門上的洞享受著尤莫普斯受困的情景，在腦海中想像自己正輕拍著那些攻擊他的人的背。此時，那個在吃飯時離開的地區代理人——巴格特斯，由兩位轎夫抬進了小規模戰鬥的中心——他患了痛風，無法自行走路。他大肆責罵那些酒鬼和亡命之徒，聲調粗野而野蠻，接著轉向尤莫普斯，說道：「我的詩人王子啊！你在這兒嗎？這些無賴的奴隸還不趕快走開，別再吵了！」然後，他的嘴唇對著尤莫普斯的耳朵湊過去。「我的妻子，」他繼續說，聲調比較緩和，「是我所看不起的女人。如果你愛我的話，就在詩中辱罵她，好嗎？讓她感到羞愧！」

正當尤莫普斯在巴格特斯身旁說話時，一個傳布公告的人在一位公共奴隸以及一小群怪人的陪伴下走進客棧，他揮動著一根煙多於光的火炬，唸出了以下公告：

「最近有個男孩在浴場走失或迷路，年約十六歲，鬈髮，以當別人的寵兒為業，面貌姣好，名叫吉頓。凡是把他帶回或提供他行蹤訊息的人，可以獲得一千銅幣的獎金。」

在這個傳布公告的人不遠處站著亞希托斯，他穿著一件多彩的衣袍，在一個銀盤上展示著有關吉頓的描述和獎金的憑證。我叫吉頓趕快躲到床底下，雙手雙腳擠進那些把床墊撐在床架上的繩索上，讓整個身體在下面伸展，像古代的尤里西斯緊抓住公羊的肚子，躲避任何刺探的手[1]。吉頓敏捷地遵照了我的指示，不一會兒後，他巧妙地把指頭擠進繫結床的東西之中，機智勝過狡猾的尤里西斯。為了不引起懷疑，我把衣服堆在床墊上面，讓人覺得有個身材跟我相當的人在床上睡覺。

此時，亞希托斯帶著執行吏，接二連三地查訪了每個房間。抵達我的房間時，他發現門小心地閂著，覺得更有希望找到吉頓。那位公共奴隸把斧頭擠進門的裂縫，破解了門閂的支撐力量。

[1] 在荷馬所著的《奧德賽》中，獨眼巨人吃掉了尤里西斯的同伴，並將他關在洞穴中。尤里西斯刺傷獨眼巨人的眼睛，將自己和剩餘的同伴綁在巨人蓄養的公羊肚腹下，逃開了其他巨人的追捕。

我撲到亞希托斯的腳旁，請求他看在從前的友誼以及共患難的份上，無論如何要讓我看看吉頓。不僅如此，為了加強自己的說服力，我叫著說：「亞希托斯，我很清楚，你是來謀殺我的。不然你為何隨身帶著這些斧頭？那麼，你就開始報復吧！看，我把頸子伸出來了，就讓我流出鮮血吧！你假意搜索我的房子，其實就是要我流血。」

亞希托斯生氣地抗議我的指控，誓言他之所以到這兒，只是為了找尋他那位逃走的寵兒。他說，他並不想置人於死地，尤其是不想置某人於死地——雖然我們有過致命的爭吵，他仍然認為我是他最珍貴的朋友。

然而，那位公共奴隸也沒有閒著，他從客棧主人那兒搶來一根棍子，探進床底下，仔細檢查牆壁的每個細縫。吉頓不斷閃避那根棍子，在可憐的驚恐狀態中屏住呼吸，努力瑟縮自己的身體，直到有隻臭蟲搔得他鼻子發癢。

這些人離開了房間，尤莫普斯眼見那個破門不能再把他擋在門外，就很興奮地衝進來，叫著說：「一千銅幣是我的！我要去追那個官吏，然後揭發你！你活該，我要告訴他說，吉頓此刻就在你手中。」

我抱住詩人的膝蓋，但他不為所動。我請求他不要殺害將死的人，我對他說：「要是你能夠交出這個失蹤的男孩，你的決定才有意義，但他已經消失在人群中，我不知道他到哪裡去了。看在上天的份上，尤莫普斯，把男孩帶回來，交還給他的朋友們——交還給亞希托斯，如果你非得這樣做的話。」

正當他打算相信我這番看似合理的說詞時，躲在床底下的吉頓幾乎喘不過氣，就要窒息了，他連續打了三個噴嚏，床明顯地搖晃著。看到這種情況，尤莫普斯繞著床跑，叫著說：「吉頓，願上帝保佑你！」他舉起床墊，揭露出身陷困境的「尤里西斯」，那困窘的模樣就連餓肚子的獨眼巨人也會饒過他的！

尤莫普斯轉向我：「這是什麼意思，你這個賊？就連在被揭發的時候，你還是沒有勇氣說出事實。要不是有一個支配人類的天神，迫使這個男孩暴露出自己的藏身處，我就只能徘徊在每間客棧，茫無目的地追逐著。」

吉頓比我更擅長哄人，他用一些浸在油中的蜘蛛網止住尤莫普斯前額上的血，然後用自己那件小小的斗蓬交換對方那件破衣服。

看到尤莫普斯的情緒有點緩和了，吉頓開始吻他的傷口，好讓它們痊癒，並且叫著說：「最親愛的長輩，我們的命運掌握在你手中！要是你愛你的吉頓，那就努力，哦！努力救救他吧！我願意讓烈火把我燒成灰，讓洪水淹沒我，只淹沒我就好！我是引起所有罪惡的禍源！我的死可以讓兩個敵人和解。」

尤莫普斯看到我們的苦惱，很是感動，而吉頓對他的奉承更是讓他的內心騷動不安，於是他大聲說：「傻瓜啊，傻瓜。雖然你們擁有上天賦予的優點，必能享有快樂，但卻堅持過著可憐的生活，每天的行為都惹來新的痛苦。我一直是把每一天當做最後一天，過得平和又安靜。要是你們想學學我的榜樣，那就把所有焦慮的心思排除掉吧！亞希托斯追著你們，那麼，你們就逃離這個地方，跟我航行到國外。我要以旅客的身分搭上一條船，那艘船可能會在今夜起錨；船上的人都認識我，我們一定會受到熱烈的歡迎。」

上船吧，勇敢的年輕人，到其他國度發展，
那兒有更光明的前途等待肯幹的人。
要保有一顆勇敢的心；讓最遠處的伊斯特知道
你們很有勇氣，還有古老的尼羅河、
北極海的冰和雪。漫遊東方，漫遊西方，
讓人們見識到，新發現的風土在你們身上成就出的嶄新尤里西斯！

我覺得他的忠告既正確又美好，如此一來，我就能免於亞希托斯的騷擾，同時又能過上較為快樂的生活。尤莫普斯的慷慨徹底擊潰了我，我開始對剛才施加在他身上的侮辱深感難過，也非常後悔對他懷抱著嫉妒之心，正是我這種極端的心性引發了諸多災難。我淚流如注，請求他原諒我，並指稱，戀人們總是無力控制發狂的嫉妒。我發誓將來絕不會再做出或說出任何激怒他的事情，並力勸他排除心中的怒氣，就像一個有學問又受過教育的人應該做的，這樣就不會留下任何傷害的痕跡。

「在粗糙又沒有耕種過的土地上，」我繼續說，「雪會停留很長的時間，然而，在被犁過並加以改良的土壤上，輕雪不一會的工夫就會融化了。人心中的憎惡也是如此，在沒有教養的心中，憎惡會停留很長的一段時間，但在受過教育的心靈上，憎惡便會很快融化。」

尤莫普斯回答：「為了證明你說的話很正確，我現在就以這個吻來結束我的怒氣。所以，以幸運為名義，請整理你的行李跟我來，若你們願意的話，也可以由你們來引路。」

話還沒有說完，忽然有人破門而入，一位鬍子很粗糙的水手在門檻上出現，叫著說：「你們全都遲到了，你們難道不知道船就要啟航了嗎？」

一會兒之間，我們全都動了起來。尤莫普斯叫醒他那位早就睡著的僕人，命令他提著行李離開。吉頓和我整理好所有上路所需的東西，在向星星祈禱之後，就出發趕去坐船了。

XIII

我們在船尾的甲板上選擇了一個隱密處，那時白天還沒有來臨，尤莫普斯打起瞌睡，吉頓和我卻無法入睡，我焦慮地想著，此刻我正陪伴著尤莫普斯，而比起亞希托斯，他是一個更為可怕的對手，一想到這件事，我的內心便開始感到不安寧。

但是，理智立刻戰勝了我的苦惱。我對自己說：「我們這位朋友這麼喜歡吉頓，確實是很不幸的一件事，但是，大自然裡所有美好的事物不都被人類所共有嗎？陽光照在公正的人身上，也照在不公正的人身上。月兒和天上無數的星星照亮了荒野的野獸，也讓其他的野獸可以捕食牠們。還有什麼東西比水更美呢？然而，水卻是為萬物自由地流動著。難道唯獨愛註定要偷偷地奪取，而不能在公開的場合中贏得嗎？哎！我只想追求世人所渴求的好東西，而我的對手，那樣一個老男人，他其實很難對我造成什麼傷害，就算他想要占便宜，也是白費工夫，畢竟他不過是個喪失活力的人。」

既然尤莫普斯不可能成功，我立刻放下心來，不再感到焦慮，於是我用斗篷包住頭，試圖說服自己入睡。然而，幸運之神彷彿決定要破壞我好不容易穩定下來的心情，船尾的甲板傳來一陣哀傷的聲音，叫道：「什麼！我被他愚弄了嗎？」

那是一個男人的聲音，也是我非常熟悉的聲音，我的心開始狂亂地跳著。不僅如此，我聽到一個生氣的女人以激烈的聲調怒吼著：「只要某位神祇把吉頓放在我手中，我一定會很熱烈地歡迎這個流浪的小伙子！」

聽到這些驚人之語，我跟吉頓嚇呆了，臉色立刻變得像死人一樣蒼白，我驚慌不已，感覺自己正被一場可怕的夢魘所折磨。當我終於能夠開口說話時，就用顫抖的手猛拉正要睡覺的尤莫普斯，問道：「聖靈在上，長輩啊，這艘船是誰的？有誰在船上？請告訴我。」

我的騷擾讓他很是生氣，他抱怨著說：「你選中了甲板上最安靜的角落，要我們占據這個地方，難道就是為了不讓我有片刻的安寧嗎？如果我告訴你說，這艘船的主人是塔倫騰人李恰斯，他要把他的乘客翠菲娜送到塔倫騰，那你的表現又會好到哪裡去？」

聽到這個晴天霹靂的消息，我嚇得發抖，抬起頭，露出喉嚨。「哦！命運啊！」我叫喊出來，「現在你確實是完全戰勝了！」而吉頓則昏倒在我的懷中。

流了很多汗後，我們緊張的情緒獲得抒解，我立刻抓著尤莫普斯的膝蓋，叫著說：「請憐憫兩個快死的可憐蟲，請以我們都視為珍貴的神祇為名義，結束我們的生命吧！死神靠近了，它或許是一種恩寵，除非你拒絕去面對它。」

我失控的猜忌讓尤莫普斯十分不知所措，他對著諸神和諸女神發誓說，他對於眼前所發生的事情一無所知，也不曾想過要出賣我，只是基於絕對純真的心與單純的誠信引導同伴上船，何況他早在很久以前就選定搭乘這艘船出國。

他問道：「哎，到底是什麼陰謀在進行啊？什麼海軍大將跟我們一起在船上啊？塔倫騰的李恰斯是一個非常體面的人，他不僅擁有這艘船，由他自己親自指揮，也擁有各種地產以及一間商業公司。他是要把一批貨載去賣，去做生意。他就是獨眼巨人、海盜國王，我們要付給他旅費。除了他之外，就是翠菲娜了，美麗的女子中最美的那一位，她從一個港口航行到另一個港口，不過是意在享樂。」

「嗯，這些人正是我們想要逃避的人。」吉頓回答，然後對著吃驚的尤莫普斯簡述了這些人對我們懷著恨意的原因，並且說，我們是在冒極大的危險。

聽到這些消息後，尤莫普斯顯得十分困惑，不知道該提出什麼意見，反而懇求我們說出自己的想法。他說：「請想像我們受困在獨眼巨人的洞穴中，必須找到一種逃走的方法，除非我們寧願跳進海中，結束我們所有的煩惱。」

吉頓打斷他：「最好是說服開船的人把船駛進港口。當然，不能平白讓他這樣做，就跟他說你的弟弟暈船暈得很嚴重，瀕臨死亡。你可以在提出這個藉口時裝出悲痛的神色，淚流如注，這樣他就可能出於純粹的慈悲而幫你這個忙。」

但是，尤莫普斯立刻表示這個計畫不實際。他指出：「這艘船非常大，要彎彎曲曲地進入被陸地包圍的港口是很困難的。何況，才航行沒多久，這個男孩就暈得那麼厲害，別人也會完全無法相信。還有一點，李恰斯非常有可能會來探望生病的旅客，以示禮貌。想想看，我們那麼想避開的船長自動來看我們，難道會讓我們很愉快嗎？再者，就算這艘船可以轉離原本的航線，而李恰斯也不會想來看看這個生病的男孩，我們又如何能夠在下船時不讓船上的人看見我們？是把臉遮起來？還是讓它露出來？如果把臉遮起來，就會有人跑來幫助這可憐的病患上岸。如果是裸露著臉，不就等於暴露出我們的形蹤嗎？」

「不，」我打斷尤莫普斯，「何不來一次大膽的行動？把小船降到海中，爬下去，然後把船繩切斷，剩下的就交給幸運之神吧！我不期望尤莫普斯一起冒險，何必讓一個無辜的人牽扯進與他無關的麻煩？如果幸運之神能在我倆坐進小船時眷顧我們，對我而言就已經足夠了。」

「這倒是很不錯的主意，」尤莫普斯說，「但願行得通。但是有誰能不注意到你的企圖呢？首先，掌舵者會是第一個留意到的人，他整夜都在仔細注意著，觀察著星象的動態。你也許可以趁他睡著的瞬間逃過他的監視——如果你能夠從船隻的其他地方逃走，然而事實卻是，你一定得經過舵輪，從船尾逃走，因為小船正是被繩子緊緊繫在那兒。再說，我懷疑你是否有想到一件事，恩可皮烏斯？有一個船員日夜看守著小船，你根本無法擺脫這個哨兵，除非你殺掉他，或者以粗暴的方式把他扔進海中，而這個方法的可行性……嗯，你得問問自己的勇氣。至於我是否要陪你進行這項冒險，只要有一點點成功的希望，我都不會逃避危險。但若隨意拋棄生命，視之如草芥，我敢說，就連你也不會同意的。」

「現在，請考慮考慮我提出的計畫：讓我把你們裝在兩張牛皮裡，把你們綁在我那些衣服中，作為行李的一部分；當然，我會留下足夠的開口，讓你們呼吸以及吃東西。我會大叫出來，說我的兩個奴隸都跳進了海中，因為他們害怕可怕的懲罰。這樣，當我們駛進港口時，我就把你們當作行李帶上岸，便不會引起任何的懷疑了。」

「哦！你要把我們裝成包包，好像我們的身體是石頭做的，完全不會排泄？又好像我們都不會打噴嚏或打鼾？同樣的手法以前確實是成功過，然而，就算能夠忍受這種束縛一天之久，如果風靜止下來或刮起逆向大風，耽誤了航程，那該怎麼辦呢？我們又會怎麼樣呢？嗯，就算把衣服緊緊地包起來，一旦過了太久的時間，摺層的地方也是會破損的；如果把紙綁成一捆一捆的，字跡也會磨損而變得不清楚。我們年輕又不習慣吃苦，如何能忍受這種綑綁，把自己當成雕像一樣呢？總之，我們必須想出更好的方法逃走。

請聽聽我想到的方法。尤莫普斯身為文人，當然隨身帶著墨水，我們就用墨水把自己從頭到腳染黑，以衣索比亞奴隸的身分服侍你，這樣很輕鬆，也無須擔心後果如何，我們就藉著膚色的偽裝來擊敗敵人。」

「嗯，沒錯，」吉頓叫著說，「也割掉我們的包皮，充當猶太人；並在耳朵上穿洞，模仿阿拉伯人；也順便在臉上擦上白粉，這樣高盧人就會說，我們是他們的兒子……好像改變膚色就能夠改變整個外表似的！其實我們必須進行很多方面的改造，讓別人相信那種假象。就算染色的臉孔能保持黑色；就算沒有碰到水，顏色不會散開；就算不會有墨水的汙漬沾到衣服上——其實就算刻意不添加膠水，墨水汙漬也時常會留在衣服上。

但是請問，我們能夠把嘴唇弄成可怕的腫脹模樣，就像非洲人一樣嗎？我們能夠用鬈髮鉗把頭髮變得像羊毛一樣嗎？我們能夠把一排排醜陋的皺紋烙在前額上嗎？能夠把我們自己變成彎腿和扁平足的人嗎？能夠留起怪異的鬍子嗎？染色只可能折損美貌，但無法改變長相。現在，請聽聽我這個絕望之人所提出的對策吧！讓我們把衣服纏繞在頭上，跳進海的深處。」

「這是神與人都不准許的事！」尤莫普斯叫著說，「你不能以這種卑劣的方式結束自己的生命！最好是照著我的方法去做。從剃刀事件就可以看出來，我的僕人是一位理髮師，讓他剃去你們的毛髮——不僅是頭部而已，還包括眉毛。我會幫他的忙，在你們的前額上寫些文字，手法巧妙，讓你們看起來像兩個被烙上印記的奴隸。我寫下文字後，追捕你們的人就不會再懷疑你們了，這是以貶抑性的懲罰作為掩飾，隱藏你們真正的五官。」

這個計畫獲得贊同，在臉上進行變裝的工作立刻開始。我們偷偷溜到船的一邊，任由理髮師擺佈我們的頭髮和眉毛。尤莫普斯在我們的前額上寫下巨大的文字，在我們整張臉上塗寫著象徵亡命之徒的符號。

有一位乘客正對著船邊俯身嘔吐著，他暗中注意到理髮師在忙著不合時宜的兼差工作。於是他開始詛咒這種不祥的徵兆，就像遭遇船難的水手說出絕望的誓言，然後急急忙忙地回到自己的床位。我們假裝無視這位乘客的詛咒，跟以前一樣陷入憂傷的思緒之中，默默安頓下來，在心神不寧的淺眠中度過接下來的陰沉時間。

第二天，尤莫普斯一知道翠菲娜已起床，就走進李恰斯的船艙。他們談到天氣晴朗，航程會很順利，然後李恰斯轉向翠菲娜，說道：「陽具之神昨夜在我夢中出現，對我說：『我告訴你吧！你所追捕的人，恩可皮烏斯，已經由我帶上你的船。』」

翠菲娜非常吃驚，大聲說：「你八成會以為我們睡在一起，因為我也看到一個幻象；我在拜耳伊的神殿所注意到的那座海神雕像告訴我：『妳將會在李恰斯的船上發現吉頓。』」

尤莫普斯打斷他們：「你可以明顯看出，享樂主義者伊辟鳩魯是受到天啟的人，他以最高雅的方式表達出他對這種無稽想像的看法：

凡是以虛幻的陰影蠱惑心智的夢境，
都不是來自天堂。每個人的頭腦
都會偽造出這些虛無的東西；
活動的心智會在夜晚重溫白天的行為，
正是在疲累的身體睡覺之時。
震撼城市的征服者，釋放戰爭之狗，
他們會看到揮舞著的矛、烏合之眾，以及國王的死，
還有血，以及戰鬥所帶來的所有恐怖。
律師看到什麼呢？可怕的場面伸延著，
法院、律師、法官全都在爭吵著！

吝嗇鬼夢到金子，找到失去的財寶。
獵人的號角聲穿過森林地。
水手的幻象描述船難的情景。
妓女哄誘著；通姦的女人賄賂著。
睡覺的獵狗碰到自己追逐飛奔的兔子
每個不快樂的可憐人兒都會重溫古老的悲傷。」

但是，李恰斯在認真思考過翠菲娜的夢境後說道：「無論如何，有誰會阻止我們搜這艘船？如果我們搜了，就表示我們沒有輕視諸神賜給我們的啟示。」

此時，昨晚那個撞見我們祕密行動的乘客——名叫赫修斯——忽然問了一個問題：「昨夜在月光下剃去毛髮的那兩個人是誰？說真的，那是一種可鄙的行為！我聽別人說，任何活著的人在船上剪指甲或剃毛髮都是很邪惡的事情，除非風是逆著浪而吹。」

李恰斯一聽到這件事，便露出非常生氣又驚愕的神色，他喧囂地叫著說：「有哪個人膽敢在我的船上剃毛髮？還是在深夜？請立刻把罪犯找出來，這樣我才能知道必須把誰的頭砍下來，讓我的船免於汙染。」

「是我，」尤莫普斯坦承，「下令吧！如果是我帶來惡運，我不會逃避責任，畢竟我也同在這艘船上。但是，兩位當事者的頭髮又長又粗，不堪入目，所以我才下令剪短這兩個可憐人兒的凌亂頭髮，以免這艘美好的船變成監獄，這樣一來，也能讓所有人都看到他們的額頭上烙上的文字，不再被頭髮遮住。他們用狡猾的手法把我的錢花在一位蕩婦身上，昨天晚上我才把他們從這個蕩婦身上拉走，當時他們身上還散發出酒味與香水味！是的，他們此刻正散發出浪蕩行為的惡臭，還是花我的錢去幹的！」

最後，眾人決定要我跟吉頓各挨四十鞭，好向這艘船的守護神贖罪。野蠻的水手們毫不遲疑地撲向我們，急著要用我們邪惡的血平息神祇的怒氣。我表現出斯巴達人堅忍不拔的精神忍受了三鞭，但是吉頓在挨了第一鞭後就發出尖叫聲。熟悉的聲音直接穿透翠菲娜的耳朵，不僅是翠菲娜，她的侍女們也被這熟悉的聲調吸引，開始聚集在我們三個人旁邊。水手們看到吉頓美妙的身體，開始放下鞭子，他的身體以一種無聲的懇求平息了他們的憤怒。

此時，翠菲娜的侍女異口同聲地叫了出來：「吉頓！是吉頓！停，哦！你們野蠻的手快點停下來！救命，救命，女主人！是吉頓。」翠菲娜聽到她們的話，直接衝到吉頓的身邊。對我十分熟悉的李恰斯，也彷彿聽到了我的聲音，他跑了過來，沒看我的手，也沒看我的臉，只是立刻低頭看看我身體中間的部位，輕輕地把手放在我的私處，叫我的名字。儘管一切與外形有關的特徵都已經過偽裝，但這個精明的船長還是敏銳地盯上那個暴露了我身分的特徵——難怪那個看護尤里西斯的人在二十年之後，仍然能認出那個證明身分的疤痕。

翠菲娜忽然哭出來，她以為我們真的被毀容了，額頭上永久烙上了奴隸的記號。她以柔和的語調同情地問道，我們在流浪時曾坐過什麼樣的地牢？誰那麼野蠻，在我們身上施加了如此可怕的懲罰？我們這兩個逃亡的人確實活該被烙上某種恥辱的記號，因為她的寵愛反而使得我們與她反目成仇——但卻不該是這樣一種恥辱的記號！

李恰斯氣得發瘋，跳向前去叫道：「哦，女人真是單純！竟然相信這些疤痕是真的，這些文字真的是用烙鐵烙成的？我倒希望他們毀容的記號是真的，至少，那會讓我們感到很滿足。然而，整件事情根本是一場鬧劇，那些文字是騙人的，是陷阱！」

翠菲娜表現得很慈悲，因為一切都讓她感到很愉快。但是李恰斯記得妻子曾被誘拐，自己則在赫克力斯神殿的柱廊中受到侮辱，他的臉孔在激動中嚴重地扭曲，他叫道：「翠菲娜啊，我想這件事會讓妳明白，不朽的諸神的確支配著人類的生活，難道諸神不是出人意表地把罪犯帶到我們的船上嗎？是的！祂們還藉著與真相如此吻合的夢境來向我們發出預言。現在請妳注意，既然天神親手把罪人放在我們手中，要我們施行懲罰，我們又如何能夠原諒他們呢？我並不是一個殘忍的人，但是我不敢饒過他們，唯恐我自己會受苦。」

這種迷信的說詞讓翠菲娜留下深刻的印象，於是她改變心意，宣稱她不反對懲罰我們，反而樂於支持這樣的報復行為。她又說，她遭受到跟李恰斯一樣可怕的冤屈，她美好的聲譽在一群粗俗的群眾面前遭到公然的中傷。

首先是恐懼造就了諸神，
當時交叉的閃電在空中閃亮著，

城鎮和高高的阿陀斯山都陷於火海之中。
接著，升起的太陽以及盈虧的月亮接受獻祭。
於是這世界充滿偶像，
每個人的嘴中都說出獨特的神祇。
汙點延伸到遠處；
盲目的迷信導致鄉下青年把初熟的果子送給穀物女神，
用葡萄為酒神加冕，
並尊崇牧羊人的女神巴蕾絲；
所以海神支配海浪，派拉絲支配學堂。
每個著名的人，每個創造國家的人，
都發明新神來超越對手。

一看到翠菲娜跟他一樣渴望報復，李恰斯就下令再次重懲我們。尤莫普斯聽到此事，努力要緩和李恰斯的怒氣：「你的報復會毀了這兩個不幸的人兒，他們請求你慈悲為懷，李恰斯。他們選了你所認識的我來當調停人，好再度與從前珍愛的人和解。你不該認為這兩個年輕人是偶然落入陷阱的，每個想到達目的地的乘客首先會關心的是：自己的安全將託付給誰。所以，請憐憫他們，請滿足於已經施加在他們身上的懲罰，允許自由人到達目的地，不再受到傷害。

只要奴隸回家悔罪了，再嚴酷與不願意寬恕人的主人也會壓抑自己的殘忍。我們不都會饒過投降的敵人嗎？這兩個年輕人此刻都已匍匐在你面前，你還想要什麼呢？其實他們是出生與教養都很不錯的人，況且，他們都是你的朋友，曾與你有最親密的關係。難道他們有盜用你的錢嗎？難道他們有背叛你的信任嗎？天啊！就算真的如此，你也已經親眼見到他們受苦、受罰，憎惡也能抒解了。看啊！如今他們的額頭上刻著奴役的記號，而他們的臉上——那屬於自由人的臉——自願烙上可恥的懲罰標記！」

李恰斯打斷尤莫普斯的求情，「不！你把問題搞混了，」他說，「你應該把每一件事都分清楚。首先，如果他們是自願來這兒的，那麼，他們為何要理掉頭髮？人們之所以偽裝並不是為了自我滿足，而是想要欺騙別人。其次，如果他們試圖透過你的斡旋來尋求寬恕與和解，那你何必盡力隱藏這兩個受你委託的人？很明顯的，這兩個罪犯是偶然落入陷阱之中，而你試著用一種狡詐的詭計，想要擺脫我們的報復。

至於你提出特別的請求，喧囂地宣稱他們的出生與教養都不錯，請你注意，不要因為過分自信而損及了你的論點。如果有罪的一方盲目地對自己施行懲罰，受害的一方到底要怎麼辦呢？如同你先前所強調的，他們是我們的朋友，而我想強調的是，正因為如此，他們才更應該受到懲罰！如果一個人傷害了陌生人，那麼他頂多只能算是一位強盜；如果他出賣了朋友，那麼他比一位凶手好不到哪兒去。」

尤莫普斯反駁這種具有傷害性的說詞，回答說：「我想，最不利於這兩個年輕人的事實是，他們在夜晚剃掉頭髮，這一點證明他們不是自願上船，而是不幸上了船。我只相信，我的說明可能簡單又直截了當，就像行為本身那樣簡單又無辜。他們想在上船之前去解除掉頭上那些惱人又不必要的負擔，但是順風吹起，比他們所預期的還快，所以他們只好趕快上船，順延理髮的時間。他們一點也沒有想到在什麼地方理髮會有什麼關係，因為他們對於當中所代表的惡兆或船上的規矩一無所知。」

「是什麼原因讓他們採取弱者的姿態並剃去頭髮呢？」李恰斯回答，「還不是因為剃光頭後比較可能會贏得同情。但是，哎，算了，我何必妄想從一個中間人口中得到真相呢？你這個竊賊，你自己有什麼話可說呢？是什麼火怪燒掉了你的眉毛呢？你把頭髮獻給什麼神祇呢？惡棍啊，回答我。」

我呆立在原地，因為害怕即將面臨的處罰而沉默不語，迷惑之中的我連一句話都說不出來。情勢顯然對我相當不利，何況我的美貌受到了毀損：頭髮被剃掉了，眉毛不見了，就像前額那樣裸著，所以我無法做出或說出任何適當的反應。一旦我那流淚的臉孔用一塊濕海綿擦過，墨水因此糊掉，沾汙了整個容貌，使得五官亂成一團黑雲，李恰斯的憤怒就轉變成厭惡了。尤莫普斯堅決地宣稱他不會袖手旁觀，眼睜睜看著生來自由的人受到侮辱有違公義，他抗議我們這個野蠻的敵人不僅以言語威脅，甚至還以行動恐嚇。

尤莫普斯的抗議獲得他僕人的支持，也獲得一、兩個乘客的支持。然而這些乘客因為暈船而筋疲力盡，他們的干預只帶來更大的衝突，除此之外毫無幫助。我不再乞求對方的慈悲，而是對翠菲娜揮動拳頭，以大膽又激動的聲音喊叫說，只要她膽敢用一根指頭碰吉頓，我就要用盡所有的力量對付她，因為她是一個被詛咒的女人，是船上唯一需要加以鞭打的女人。

我無禮的表現讓李恰斯更加生氣，他對我放棄自己的立場去維護吉頓感到非常憤怒。面對這種反抗，翠菲娜也同樣十分生氣，整艘船的人頓時分成兩個對立的派別。一方面，理髮師忙著把剃刀發給我們，也為自己預留了一隻；另一方面，翠菲娜的奴隸們捲起袖子，以便待會方便使用拳頭；連侍女們也加入了行列，發出叫聲，鼓舞準備戰鬥的人。只有開船的人表示抗議，他說，若不快點結束這場因為兩、三個惡棍而引發的狂熱喧囂，他就不再掌舵了。

但這種威脅無法緩和爭論者的怒氣，我們的對手力爭報復的機會，我們則力圖寶貴的生命。兩邊都有很多人倒了下去，但沒有人確實喪命；更多人在受傷、流血之後退下去，像是戰士經歷了激戰——卻沒有任何一個人喪失一點點堅決的毅力。

就在這個危機時刻，勇敢的吉頓忽然把剃刀伸向自己的私處，威脅著要切斷那個引起諸多災難的禍源。翠菲娜阻止了這個可怕的舉動，很快便答應要饒了他。我則不斷把剃刀放在喉嚨，只是並沒有想要真正自殺，就像吉頓並不想讓他的威脅成真，他之所以能毫不在乎的演出這場戲，是因為他知道手中的剃刀就是他曾用來假裝割破喉嚨的無刃剃刀。

兩邊都以同等的決心堅守戰場，一直到掌舵手看出這場戰鬥可能不是尋常的戰鬥，於是他做出以下安排：翠菲娜應該當調解人，促成和解。於是她讓兩方以行之有年的方式交換誓約，拿出她匆忙中從船隻的守護神雕像所抓下來的一把橄欖枝，大膽前去進行談判的工作。

她叫著：

「是什麼可怕的怒氣，把和平變成了戰爭？
我們犯的是什麼罪啊？
我們的船上並沒有背信的巴里斯王子，
也沒有梅尼勞斯想要討回的新娘海倫，
梅蒂亞也沒有用兄弟的血去染色。
對於愛的輕忽造成了仇恨，渴求海浪中的流血與謀殺行為；
為何要那麼早喪命？抑制你的怒氣吧，
也不要讓無害的海洋汙染你的激情！」

翠菲娜以傷心的聲調唸出這首感情洋溢的詩，阻止了這場爭吵，爭執不下的兩方人馬終於開始思考和平的解決方法，不再表現出強烈的憎意。我們這邊的領導人——尤莫普斯立刻把握了和解的機會。首先，他猛烈抨擊李恰斯以及他的所有作為，然後在和平條約內蓋上圖章，合約的內容如下：

「妳，翠菲娜，打從心底承諾，不再抱怨吉頓對妳造成的傷害，不再以他從前的行為責備、懲罰他，或以任何方式騷擾他。此外，不得以違反這個男孩的自由意志和快樂的方式對他做出任何事情，不擁抱也不親吻這位男孩，也不可與他通姦，違者罰一百銀幣。」

「條款：你，李恰斯，打從心底承諾，不再用言語或傲慢的神情打擾恩可皮烏斯，也不去探尋他夜晚可能睡在何處，違者每次必須付兩百銀幣。」

我們根據這些條件定了一份和約，放下了手中的武器。為了不留下怨恨的種子，我們決定在發了誓之後，藉由親吻來泯除過往傷害的記憶。

既然大家無異議想要和平，那種高漲的復仇激情就消退了，緊接著是一場宴會，大家競相表現出欣然快樂的模樣，以慶祝我們和解，並發誓要成為好朋友。整艘船迴響著歌聲，忽然，一陣突如其來的風平浪靜阻止了船隻的前進，有人用魚叉捕捉跳出海面的魚兒，有人拖起被狡猾的魚鉤所誘捕而掙扎的魚兒；海鳥也飛過來，棲息在帆架上。一位老練的獵人用捕禽棍觸碰這些海鳥，將牠們黏在加了石灰的索具上，放進我們手中。軟毛在空中飛舞，大片的羽毛掉落海中，在佈滿泡沫的浪花上輕輕地來回擺盪。

李恰斯似乎已經打算與我和解，而翠菲娜則以調情的姿態，把自己的最後幾滴酒灑在吉頓身上。此時，跟別人一樣喝得很醉的詩人尤莫普斯，忽然想到要拿那些沒有頭髮以及烙上記號的人大開玩笑。最後，在說完一些非常不著邊際的機智話後，他再度沉浸在詩歌的世界裡，為我們朗誦了以下這首小詩：

〈哀不見的頭髮〉

美陷落了！你那柔軟的青春優雅
過早讓位給如冬的不毛。
你那受傷的鬢角哀悼著那遭受凌辱的遮蔽物；
你的額頭荒蕪了，像一座只剩殘株的田野。
荒謬的神祇啊！你們那虛有其表的禮物多麼空虛！
你們賜下快樂，只是為了給我們痛苦。
不快樂的青春啊！
就在不久之前，就連日神看到你那金色的鬈髮也會嫉羨，
但是如今，若要比光滑，就算是液態的空氣，
或灑水的南瓜也無法跟你相比。
你逃避又恐懼那些喜歡嘲笑的少女；
而死神不久將踏著匆促的腳步趕來這兒。
他致命的夜晚已籠罩在你的早晨，
美陷落了！你的歡樂之髮被剃掉了。

我非常肯定，尤莫普斯還想為我們唸更多的詩——或者更糟的玩意兒。此時，翠菲娜的那位

侍女帶著吉頓從下面離開，把女主人的一頭假髮裝飾在男孩頭上。然後，她從化妝盒中取出假眉毛，巧妙地沿著眉毛原本的痕跡貼上去，不久就恢復了吉頓原來的標緻模樣。翠菲娜看到吉頓本來的面目，忽然哭了出來，賜給他自從遭遇不幸以來第一個真正又衷心的吻。我看到這個男孩恢復了從前的美，禁不住不斷遮住我自己的臉，也意識到自己美貌受損的程度想必很不尋常，因為李恰斯甚至懶得跟我說上一句話。

不久之後，我就不再有這種憂傷的想法了，剛才那位侍女仁慈地把我叫到一旁，以同樣高雅的假鬈髮裝飾我的頭，我的臉孔看起來比以前更美，因為那頂假髮剛好是淡黃色的。

尤莫普斯很支持受苦的人，也很懂得營造和諧的氣氛，他擔心我們愉悅的心情會因為少了些趣聞軼事而減退，就開始說出一連串有關女人是弱者的嘲諷言詞——女人多麼容易墜入情網，為了情人會多麼迅速地忘記自己的兒子。他指出，沒有一個女人是貞潔的，她們都會因為難以控制的激情而表現出瘋狂的激烈行為。尤莫普斯沒有暗指古代的戲劇，或者有關女人很愚蠢的知名例子，他只需要舉一個已經發生過的例子就可以了。他說，如果我們喜歡的話，他會就記憶所及敘述這個故事。此話一出，大家的注意力都集中在他身上，他開始說出以下這則故事：

「從前在以弗所，有一個女人因為貞潔而享有很高的榮譽，而鄰近國度的女人都前往那個城市，想見她一面並且讚賞她。這個美麗的女人剛喪夫，普通的服喪習俗並不能滿足她，諸如披頭散髮走在柩車後面，或在聚集的群眾面前搥打裸露的乳房。她更盼望能陪死去的丈夫到最終安息的地方，注視他的屍體在希臘人的葬禮儀式下埋入地窖中，日夜在旁邊哭泣。

她內心的痛苦非常強烈，家人與朋友都無法阻止她的苦行，以及想要餓死的決心。就連縣長也在做了枉然的努力後認輸的退去。所有的人都以哀傷的心情認定這個女人已形同死去，她已經有五天沒有進食了，堅定的心情非比尋常。

一個忠實的侍女坐在女主人身旁，她的眼淚與女主人悲傷的眼淚融合在一起，每當墓中的油燈快熄滅了，她就開始修剪燈芯。全城的人都只在談論女主人高貴的忠誠表現，各個階級的男人都提到她，視其為美德與夫妻深情的模範。

此時，省長下令把幾名強盜釘上十字架，地點靠近這個女人哀悼丈夫的那個地窖。有位士兵看守那些十字架，以免有人來偷偷取走強盜的屍體，拿去埋葬。就在第二夜的時候，這位士兵看到墳墓中出現了一道亮光，他聽到這個寡婦的呻吟聲。

出於人類共同的缺點——好奇心——他很想去看看那個人是誰，裡面究竟發生了什麼事。他走下墳墓，看到一個可愛的女人，起初他感到很困惑，以為自己看到了幽靈或超自然幻象。但是，他立刻發現她丈夫的屍體躺在那兒，也看到女人臉上佈滿了眼淚以及指甲的抓痕，種種跡象都告訴他，事實的真相是一個悲傷的女人無法承受伴侶的死去。

士兵把簡單的食物拿到墓中，勸這個守喪的美麗女子不要再沉溺於過度的悲傷中，也不要以無益的哭泣來折磨自己。他說，死亡是人類共同的命運，也是最後的家，他詳談各種平常的事物，好安慰她受傷的心靈。然而，女人只是對陌生人的同情言語表示震驚，她開始更加激烈地扯著自己的胸膛，拔下一把把的頭髮，放在丈夫的屍體上。

這位士兵不屈不撓，再度懇求這個不快樂的女人吃點東西。最後，侍女無疑禁不住酒香的誘惑，再也無法抗拒，她伸手拿取士兵帶來的點心。吃飽喝足之後，侍女的體力恢復，也開始加入動搖女主人的行列。她勸女主人：『這樣有什麼好處呢？死於飢餓，活埋在墳墓中，在命運還沒有開口之前，就先把生命交給它？』

『妳想要這樣讓形同死去的人高興嗎？』

『不！是要妳回歸到生命中，抖落這種女人的弱點，盡可能享受這個世界的美好。躺在妳眼前的屍體應該是一種告誡，要妳善加利用人生。』

一旦一個人被勸去吃東西或活下去，他是不會真心表示拒絕的。因此，這個寡婦在絕食幾天而疲倦無力之後，決心終於動搖了，她就像先行屈服的侍女一樣，大啖著營養的食物。

你們全都知道，一旦吃了豐盛的一餐，可憐的人性就會受不了誘惑。這個士兵利用當初勸女人吃東西的哄誘方法，想要征服她的貞操。這個莊重的女人認為年輕的士兵既不難看，談吐也不錯，而她的侍女也相當讚賞他，不斷說道：

『為何如此疏忽過去的快樂，

抗拒一種令人愉快的熱情？』

總之，為何要說那麼久呢？反正這個女人對這方面也表現得很積極，而這個勝利的士兵兩個目的都達成了。他們不僅在那個新婚之夜躺在一起，第二夜也是如此，還有第三夜，而地窖的門當然是關著，任何可能來到墳墓的人，無論是朋友或陌生人，都認為這個貞潔的妻子已經在丈夫的屍體旁斷氣了。同時，這名士兵為女人的美和神祕氣氛所迷，每天都在財力所及的範圍內，去買最好吃的東西，等到夜晚一來臨，就把食物拿到墳墓裡。

其中一位被處死的強盜有一些親戚，他們發現守衛屍體的情況很鬆懈，於是趁著夜晚從十字架上偷偷取走了屍體，好好的加以埋葬。他們利用這名士兵沉迷於女色的時候偷走了屍體，隔天早晨，這位不幸的士兵發現十字架上的屍體不見了！他害怕會遭受懲罰，就把所發生的事情告訴情婦，並且說，他不想等待法官的判決，要先用自己的劍處罰自己。因此，他必須死，他問她，是否願意為他準備墳墓，讓他這個朋友與她的丈夫一起埋葬在那個讓他喪命的地方？

但是，這個女人既不貞潔，心腸也很硬。她叫著說：『絕對不行，這樣我就要同時照顧兩個人的屍體，兩個人對我而言都同樣珍貴。我寧願把一個已死的人吊在十字架，也不要讓活著的人喪命。』

說完，她立刻採取行動，請人把丈夫的屍體從棺木中取出，吊在空著的十字架上。這位士兵善用了一個機智女人的妙計，第二天，所有的人都感到十分驚訝：『一個死人怎麼可能自己跑到十字架上？』」

XIV

水手們聽到這個故事後都笑了出來，而翠菲娜則非常臉紅，以淫蕩的姿態把臉埋在吉頓的胸膛中。李恰斯完全沒有笑，他生氣地搖著頭：「如果以弗所的省長是一個公正的人，就應該把那位好丈夫的屍體送回墳墓，把那個女人吊在十字架上。」毫無疑問的，李恰斯是想起那件發生在他床第上的醜聞，還有他那遭受流浪的壞人劫掠的船。但是，我們的合約不允許他懷有怨恨，況且，此刻每個人心裡都被歡樂所充滿，根本就沒有憤恨停留的餘地。

此時，翠菲娜坐在吉頓的膝蓋上，時而親吻他的胸部，時而調整他的假髮，襯托出剃去髮髮後的臉孔。

我則為了這次意外的和解感到煩惱又不耐煩，既吃不下也喝不下，只是坐在那兒，冷酷地斜視著這對男女。他們交換的每個吻，還有那蕩婦肆無忌憚又巧妙的諂媚蠱惑都深深刺傷我的心。我不知道自己是比較氣這個男孩搶了我的情婦，還是比較氣我的情婦引誘了這個男孩，兩種念頭都讓我傷心透頂，比上次被監禁時更令我痛苦。

更糟的是，翠菲娜不曾對我說過一句話，她至少該對一個朋友或曾經愛過的情人說話的。吉頓也沒有表現出平常應有的禮貌，向我敬酒、祝我健康，或跟我進行尋常的對話。我猜，吉頓正開始重獲這個女人的眷愛，所以擔心會再度揭開他們之間尚未痊癒的創傷。苦惱的眼淚滴濕了我的胸膛；我假裝嘆息，壓抑住呻吟聲，結果幾乎害自己嗆到。

殘酷的兀鷹折磨厭煩的內心，
日夜撕裂最內在的要害，
牠並不是自滿的詩人所歌頌的那種鳥，
而是悲苦的嫉妒與劇烈的憎意。

儘管我露出了抑鬱的神色，我那淡黃色的假髮卻襯托出我的美。李恰斯重新被激起了情慾，開始對我拋媚眼，求取我的眷愛，他對我說話的聲調更像是一個朋友，而不是發號施令的傲慢主人。他嘗試了好幾次卻徒勞無功，在求歡遭到斷然拒絕後，李恰斯的愛意轉變成怒氣，開始想藉由強迫的方式達到目的。在一次突襲中，翠菲娜撞見了他不規矩的行為，李恰斯只得在混亂中匆匆整理好衣服，落荒而逃。

此番情景激起了翠菲娜的淫慾，她問我說：「李恰斯對你表現出強烈的企圖，他的目的何在？」強迫我對她說明。

聽完我的說詞之後，翠菲娜憶起了從前的親密關係，希望我重拾以往的情愛。但是，縱慾過度已讓我筋疲力盡，於是我以輕蔑的態度拒絕了她的求愛。面對這種情況，翠菲娜在慾望的驅使下瘋狂地抱住我，她緊緊摟著我，致使我發出痛苦的叫聲。

一位侍女聞聲趕來，認定我在向她的女主人強求眷愛——其實是我拒絕給予眷愛。這位侍女撲向我，把我們強行分開。

而激情受到拒絕讓翠菲娜變得瘋狂，她強烈地譴責我，一再威脅要跑到李恰斯那兒，煽動他對我的憤怒，跟他一起想出報復我的方法。

你們必須知道，我從前很得這個侍女的歡心，那是在我跟她的女主人關係還很密切的時候。突然看到我跟翠菲娜在一起，她心中當然極為難過，於是心酸地哭起來。我著急地問她為何如此痛苦，她的表情透露出為難的神色，然後突然對我說：「要是你的血管中還有一滴高貴的血液，你就應該把她當妓女看待。你是一個男子漢，不要跟那個女寵交往。」

我聽了之後既焦慮又不知所措，然而我最擔心的是，一旦尤莫普斯獲知此事，擅長嘲諷的他很可能會馬上寫出一首諷刺詩，報復我對別人造成的傷害。就此事而言，他那種黨同伐異的強烈激情無疑會讓我顯得很可笑，而那正是我最害怕的。

正當我苦思如何不讓尤莫普斯知道此事的時候，這個關鍵人物就出現了。他已獲悉所有的事情，因為翠菲娜把事情的來龍去脈全告訴了吉頓，她想要以吉頓為代價，補償被我拒絕後所受到的傷害。

尤莫普斯非常生氣，這場錯綜複雜的情慾糾葛簡直公然違反了我們先前所簽訂的合約。他一看到我便沉痛的說他為我感到惋惜，請求我把事情一五一十地告訴他。

既然他早已知情，我就坦誠地把李恰斯可鄙的企圖以及翠菲娜淫蕩的挑逗告訴他。聽完我的說詞，尤莫普斯以堅定的語詞誓言要為我們報仇，他宣稱，神祇們非常公正，不可能忍受這種惡棍逍遙法外。

正當我們談論著此事時，海面突然翻騰起來，烏雲從四面八方聚集而來，將我們籠罩在黑暗中。水手們在驚慌中匆匆跑回崗位上，把帆收起來，試圖讓船穩定下來。然而風向不斷改變，造成亂流，舵手不確定該朝什麼方向行進。一會兒是暴風雨把我們推向西西里，一會兒又是義大利海岸的暴君——北風——不斷把我們無助的船隻隨意吹動。比所有暴風雨更危險的是突然籠罩下來的黑暗，請試著想像，處在黑暗中，舵手甚至連船頭都看不見啊！

暴風雨完全支配了一切，李恰斯在驚恐中對我伸出雙手，以懇求的語氣叫著：「恩可皮烏斯，幫幫我們吧！幫助我們度過危險，歸還你從船上拿走的聖袍與叉鈴吧！看在天的份上，請同情我們，你的心地一向都是那麼地仁慈。」就在他這樣喊叫時，大風把他吹落船外，他一再從狂野的漩渦中站起來，然而海浪拖著他打轉，把他吸入海底。

另一方面，翠菲娜被忠心的奴隸所救，他們抓住她，把她跟她大部分的行李放在小船中，將她從死亡中救了出來。

我緊抓著吉頓，哭叫著：「難道神祇們給我們這一切，只是要讓我們在死亡中結合在一起嗎？不！就連殘酷的命運之神都不願意這樣做。看啊！一會兒後，海浪會把船隻翻覆。看啊！憤怒的大海將在不久後把兩個情人的擁抱分開。要是你真的愛恩可皮烏斯，那就趁還可能的時候吻我，從即將降臨的死神手中，偷取這最後的歡樂。」

正當我這麼說的同時，吉頓脫下衣袍，鑽進我的束腰外衣中，伸出頭來要我吻他。為了不讓殘酷的海浪扯開我們的擁抱，他用一條腰帶把我們的腰綁在一起，然後叫著說：「不為別的，至少讓我們能在一起漂浮更久的時間。如果大海夠慈悲，也許會把我們的屍體沖到同一個海岸，過路人也許會基於人性，為我們立一個石標；也許那毫無意識的沙會掩埋我們，就連憤怒的海浪也無法阻止。」

我屈服於命運最終的束縛，慢慢鎮定下來，彷彿安靜地躺在葬禮的睡椅上，等待著不再令我恐懼的死亡。

此時，暴風雨執行命運的天意，擊垮了船隻最後的抵抗。船桅與船舵都被沖走；沒留下一根繩子、一個船槳。船像一團不成形的圓木，隨着巨浪漂動。此時有些漁夫匆匆坐上小船出海，趕來掠奪這艘船。然而，一旦看到船上仍然有人在護衛自己的財產，劫掠者立刻變成了救援者。

忽然，我們聽到船艙底下發出了一種不尋常的噪音，像是一隻野獸在吼叫，努力地要掙脫束縛。我們循著聲音的方向前進，發現尤莫普斯坐在那兒，在一大片羊皮紙上匆匆寫著詩。我們驚訝不已，這個人在面對死神之時竟然還有閒情逸致寫詩。我們不顧他喧囂的抗議，強行將他拉出來，要他至少這一次表現得有常識點。

他對於我們的打斷很是生氣，叫嚷著說：「讓我寫完詩句，我的詩就快完成了！」我用力抓著這個發狂的人，要吉頓幫忙把這位吼叫的詩人拉到岸上。在艱難地達到目的後，我們在一位漁夫的小屋中找到陰暗的遮身之處。在那兒，我們吃著被海水浸濕的食物，盡可能重振精神，度過了最可憐的一夜。

第二天，我們正在辯論要到什麼地方最安全，我忽然看到一具屍體被沖到岸上，隨著海浪輕輕地來回漂動。我傷心地站在那兒等著，濕潤的眼睛注視著險惡大自然的傑作，獨自一人唸唸有詞：「也許在某個地方，有個妻子正以幸福且放心的心情，等待這個可憐的人兒歸鄉，或者，也許是一個兒子——或者一位父親，全然沒料想到會有一場暴風雨和船難。他留下了另一個人，也曾在與這個人道別時深情地吻他。這就是人類辛苦籌劃事情的結果，這就是所謂人類偉大計畫的成就。看啊！如今他是如何漂浮在海浪上啊！」

我仍然在為這個陌生人——我自以為的陌生人——哀傷著，此時，上漲的海水把屍體那仍然沒有變形的臉孔推向海灘，我認出了李恰斯的五官，他是我往昔的敵人，如此可怕又難以和解的敵人，此刻卻無助地被海水沖到了我腳旁。

我再也忍不住眼淚，不斷捶打著胸部，大聲地說：「你的怒氣如今何在？還有你那作威作福的模樣？你躺在那兒，成為魚兒和深海怪物的祭物。不一會兒前，你還驕傲地自誇擁有蠻橫的力量，如今，你這艘大船卻連一塊木板都不剩。塵世的人啊，去你的，去讓你們心中充滿浮誇的期待吧！去你的，你們這些狡猾的人，去安排未來的一千年中，如何使用你們的不義之財吧！唉，這個死人昨天還在計算著自己的財富，還定下了自己歸鄉的日期。你們這些神祇啊！他躺著的地方離自己希望抵達的地點是多麼的遙遠啊！

不僅是大海如此摧毀人們的希望，戰士被武器所出賣；一家之主在向天堂獻上祭物時遭逢家變、家破人亡。某個人從車子上摔下來，匆匆嚥下最後一口氣；貪食的人死於過分豐盛的一餐，節儉的人死於禁食。

仔細想想，其實到處都有船難，但是，溺死的人並不會以你反對的方式被埋葬。其實，易朽的肉體被什麼所毀，一點也不重要——無論是被火、水或時間所毀，都是一樣的。無論你做什麼，結果都是一樣的，啊！但是野獸可能會去撕裂他的屍體……其實，火也未必會用比較仁慈的方式對待屍體——當我們殘酷的對待奴隸時，不也認為火是能施加在他們身上最可怕的懲罰嗎？所以，為何要那麼愚蠢，急著要確定我們身體的每一部分都埋葬了，命運隨心所欲的安排這件事，無論我們願意或不願意。」

在沉思這些殘酷的事情後，我們開始為這位死去的人進行最後的儀式。李恰斯被那些幸災樂禍的人拖到柴堆那兒燒成了灰，尤莫普斯則忙著為往生的人寫一篇碑文。他轉動著眼睛，尋找靈感，然後寫出如下的片斷：

……他的命運蓋棺論定，

他的墓塚不見精雕細琢的大理石；

五呎厚的粗劣泥土接受了他的屍體，
他的墳墓是一座低低的土墩……

我們自願以適當的方式進行這場儀式。隨後，我們繼續了中斷的旅程，並在很短的時間內抵達一座小小的山頂，滿身是汗。我們在山頂上看到不遠處有一座城市，位於一座高聳峭壁的頂端。四處流浪的我們並不知道城市的名字，有一個農夫告訴我們，這個城市叫做克羅頓，是一個很古老的地方，以前是義大利的第一個城鎮。我們急切地問他：什麼樣的人住在如此有名的地方？自從連綿不斷的戰爭毀了從前的繁榮後，他們都是從事什麼樣的商業活動？

這個人回答：「善良的陌生人啊，如果你們是商人，那麼請你們改行，尋求其他維持生計的方法吧！但是，如果你們是比較世故的人，能夠不斷說謊並且堅持下去，那麼，你們就是走在獲取財富的正確途徑上了。在這個城市之中，人們是不學習文學的，流利口才也不受歡迎；節制與道德不受讚賞，也無法讓人獲得成功。你們必須知道，這個城市只有兩種人，就是圖謀遺產的人，還有遺產被人圖謀的人。

在這座城市中，沒有人養小孩，一旦某個人有了天生的繼承人，他就不被允許享有娛樂，也不被允許公開露面。他會被解除公民的特權，註定在最低下的人之中過著隱密、卑微的生活。相反的，沒有結婚以及所有沒有血親的人，則享有最高的榮譽，只有他們才能稱得上是勇敢、能幹又體面的人。」

他最後說：「你會發現這個城鎮像是一處瘟疫之地，只能看到兩種東西——被拋開的屍體，以及扯開屍體的烏鴉。」

尤莫普斯比我們之中的任何人都更有遠見，他沉思著這種新奇的事情，說他很喜歡這種發財的方法。我還以為這個老詩人只是在以奇怪的方式開玩笑，但他卻十分嚴肅地繼續說：「我只希望有更充足的行業資本，我是說，一件更時髦的衣服，以及更上等的配備，讓人們更加信服我的騙局。天啊，我會先丟棄我的錢包，然後引導你們所有的人直接走上財富之路。」

聽到他這麼說，我便答應提供他要求的一切，用我們拿來騙取財富的衣服讓他滿足，還有從李恰斯那裡所盜來的東西。至於現金，我們可以安心信任天后的供給。

尤莫普斯叫著說：「那麼，還有什麼事情能阻止我們去安排小小的喜劇呢？如果你們喜歡我的計畫，就讓我當主人吧！」

我們之中沒有任何人去反對這個不會造成損失的計畫。而為了不讓當中的關係人洩漏這場騙局的祕密，我們根據尤莫普斯口授的條件發誓——甘願為了他而接受火刑、監禁、鞭打、鋼刺，以及他可能下令執行的任何懲罰。我們就像可靠的角鬥士一樣，用最鄭重的態度，全心全意地向我們的主人發誓。

完成發誓的工作之後，我們向主人鞠躬，假裝卑躬屈膝，奉命說出口徑一致的說詞：尤莫普斯失去了兒子，一個口才非常好又很有前途的年輕人，可憐的老父親因此離開了出生的城市，以免看到跟從兒子的人、同伴以及埋葬他的地方，會讓老父親不斷觸景傷情。我們還得補充說，在這件傷心事之後，最近又發生了一次船難，讓他損失了兩百萬銅幣。然而，困擾他的倒不是金錢上的損失，而是少了一位合適的侍從，使他無法適當地保有顯貴的地位。此外，他在非洲投資了三千萬的房地產與有價證券，而且還有一大群奴隸分散在努米迪亞各地，必要時甚至能夠去襲擊迦太基。

根據這個計畫，我們要尤莫普斯經常咳嗽，無論何時都要表現出消化不良的樣子，與大家在一起時，要抱怨擺在面前的每一道菜，還要不斷地提到金與銀，以及無法生產的農場，抱怨土地總是長不出好作物，太可怕了！還有，他每天都要坐在那兒算帳，每個月固定一次在遺囑中加上新的附加條款。為了使這場鬧劇顯得更加完美，每當他叫喚我們之中的任何一個人時，都要叫錯名字，才能證明主人是想到已不在身邊的其他僕人。

事情就這麼安排下去。在祈禱神祇助我們順利成功、幸福美滿後，我們便開始進行手中的計畫。但是，可憐的吉頓無法忍受不尋常的重責，柯雷克斯——尤莫普斯所雇用的人，也強烈反對尤莫普斯做這件事，他的包包不斷地掉落，抱怨我們走得太快。他發誓說，他要丟棄所攜帶的東西，不然就帶著包包逃之夭夭。

他抱怨著：「你們把我當作一隻馱獸嗎？還是一艘石船？我是受雇做人的工作，不是做運貨馬車的工作！我跟你們一樣是自由民，雖然我的父親把我生成窮人……」說出詛咒的言詞後他還不滿足，他不斷抬起腿，在途中製造噪音和臭氣。面對他的無禮行為，吉頓只是笑著，每次對方發作，他就高聲模仿那種噪音。

縱使面臨了種種不順，詩人尤莫普斯仍舊故態復萌：「我的年輕朋友們，」他開始說，「詩已經引誘了很多的人受害！一旦某人完成了一首詩，用適當的語言包裝一種溫柔的想法，他就認為自己已然登上了象徵詩人靈感的赫利孔山。還有很多人在長久發揮辯論的才華後，退而從事安靜的寫詩工作，就像退到一個愉快的避難所，認為寫一首詩比提出一則只裝飾以美妙奇想的辯詞還要容易。

但是，擁有高貴靈感的心智卻厭惡這種尖刻的語言。如果智力沒有浸淫於強而有力的學識之泉，便無法孕育或生產高貴的詩歌之子。在措詞之中，我們要避免任何通俗的事物——恕我使用這個語詞。一個詩人必須選擇那些不會產生卑劣聯想的字語，堅守羅馬詩人霍拉斯的原則：

我憎惡粗俗的群眾，我趕走他們。

再者，我們應該小心避免一些觀點，不要使它們成為重要概念架構上的累贅。要讓結構盡可能顯得突出，其色彩必須深植在要素之中。我可以引證荷馬、抒情詩人、我們羅馬的味吉爾，以及表現出可喜的挑剔姿態的霍拉斯。其他的詩人全都看不見詩文之府的真正途徑，或者，就算他們看到了，也怕去踏上這條途徑。

請看看這個偉大的主題——內戰。如果一個人不具備成熟的學識，便輕易嘗試這個主題，他就會被這種重擔給壓垮。這可不是把一連串的史實列在一首詩中就成了，歷史學家不是更能勝任這個工作嗎?反而應該讓無拘無束的心靈奔馳，穿過一連串離題但美妙的額外陳述，以及所有複雜的神話與寓言。詩人應凸顯那受到啟示的狂熱，而不是那象徵高度準確性的標準炫學。例如，請看看你有多喜歡以下這篇速成的素描——雖然它還沒有經過最後的潤飾：

如今，高傲的羅馬是地獄的君主，
包括了藍天閃亮著天堂之火的地方，
大地伸展之處，或環繞陸地的海洋翻騰之處。
然而它仍然不滿足，
快速的海軍前進到沉重的海洋，
到達每個未被劫掠的海岸；
因為它對富者懷有無窮的憎意，
而它自身的貪婪為自己的滅亡做了準備。
甚至從前的享樂也被加以輕視，
歡樂若以太粗俗的方式享用，也會變成俗套。
時而是軍人讚賞亞述人的染料，
時而是西方人誘惑他們那浮躁的榮耀。
這兒，努米迪亞支撐著高高的屋頂；

那兒，色倫織布機的榮光閃耀著；
象徵羅馬之芳香甜美的阿拉伯半島遭受到破壞，
然而劫掠的慾望仍然沒有滿足，依舊熊熊熾燃著。
經由莫利的荒地以及亞蒙的遠方勢力，
一些怪獸被逮捕，成為我們殘酷的娛樂對象。
金色獸檻中那隻陌生的老虎，
現在越過海洋，來壓迫我們友善的海岸；
而狂喜的羅馬則款待它的怪獸，
以河水般的高貴親屬血液。
我臉紅地說出、顫抖地詳述
我們的波斯習尚，以及我們對命運的詛咒！
它們以殘酷的技巧從青春手中奪去男子氣概，
同時維納斯對著退潮皺著眉頭；
有如退潮試圖贊同欺詐的手段，
就連時代本身也想讓那浪潮退卻！
大自然迷失了，試圖尋回自己，卻是徒勞。
因此只有淫蕩的女性氣質討人喜歡，

柔軟的鬈髮、奢侈的衣服，
以及所有可能沾汙男人神聖形體的一切。
從非洲輸入了奴隸與紫色地毯，
加上香櫞餐桌，上面有諸多金色斑點，
在那昂貴卻不體面的榮耀四周躺著
頭暈的醉鬼，葬身在美酒中。
沒有什麼東西能逃過我們強烈的食慾；
軍人抽出劍來，以劫掠為目標；
從西西里的遠方海洋，
孤岩被活生生帶到我們奢侈的餐桌上；
路克林海岸中的牡蠣遭受破壞，
飢餓以昂貴的調味品購得；
法希斯河河岸喪失了羽族，
整個荒涼的河濱上方什麼聲音也聽不到，
只有樹木對著吹過的大風不斷喃喃著。
在戰神的戰場中，腐化同樣支配了一切，
在那兒，每張選票都只是製造了更多錢奴[1]；

[1] 羅馬共和時期，所有的執政官都是經由選舉產生，為了贏得自由民手中的選票，候選人紛紛端出政策牛肉以收買人心，如免費的食物或豪華的娛樂招待。

人民與元老院都被出賣了。
甚至時代本身也聽不到美德的聲音，
所有的法院都為了齷齪的利益而犧牲，
在法院的腳下躺著被踐踏的尊嚴，
就連政治家卡圖的自我也被群眾所放逐。
同時勝利的人站立在那兒，滿臉羞紅，
羞於從較高尚的人手中攫取權力。
哦！羅馬與羅馬的名字真是可恥！
它們所放逐的不止是一個人，
還有被放逐的美德、名聲與自由。
如此，可憐的羅馬購得自己的毀滅，
它是商人，也是貨物。
除此之外，整個帝國淪於負債中，
成為高利貸——這個不饜足的下顎的犧牲品；
沒有人能宣稱自己的房子或自我屬於他自己；
只是債滾債，像被創造出來的沉默狂熱，
一直到它抓住每個成員的致命器官。

此時，他們呼喚激烈的騷動來幫助他們，
戰爭必須治癒奢侈之傷；
因為匱乏會安然進行冒險，不致恐懼。
一旦沉淪在無理的痛苦中，
還有什麼能夠把淫蕩的羅馬
從肉慾的恍惚中喚醒？
除了火、劍，以及武器發出的一切噪音。
三位強而有力的首領已經取代了仁慈的幸運女神，
因為殘忍的命運以各種方式殺害了她。
巴底亞國的戰場飽飲了克拉蘇將軍的鮮血；
偉大的龐培死於利比亞海洋上；
忘恩負義的羅馬看到更偉大的凱撒流血。
如此，就像一片土地太狹窄，無法容納對手的屍體，
所以由這世界分擔遺骸。
但是他們不朽的榮耀永不會消失。
在那不勒斯和狄恰利田野之間伸展著一處可怕的海灣，
無限深沉又寬闊，

科塞塔斯河緩慢地流穿其中，
用充滿硫磺的霧氣汙染所有的空氣。
這兒的秋天不曾披上綠色衣服，
快樂的春天不曾激勵死氣沉沉的草木；
鳴鳥也未曾啼唱快樂的曲調，
在春天的舒適氣息中回應沙沙作響的樹枝；
只有混亂支配著，而四周粗糙的岩石
只點綴著友善的絲柏。
在這種可怕的情景中，冥神抬起頭，
混合的火燄和灰燼灑在上方，
阻止幸運女神逃亡，並如此說道：
『哦！天堂與塵世控制了妳的權笏！
妳的力量隱如磐石，
積累力量只是為了恢復妳的榮寵，
難道妳不是在羅馬的沉重壓力下彎身，
無法承受它那搖搖欲墜的榮耀？
就連羅馬本身也在自己的重擔下呻吟，

無法承受力量的獨霸。

它的金色圓頂沉迷在掠奪物的奢侈中，

入侵那受到驚嚇的天空！

海洋變成陸地，陸地變成海洋，

受傷的大自然哀悼它受到輕忽的律法。

他們甚至威脅我，圍攻我的王座；

人們在大地中搜索大自然的寶藏，

在堅固的山中挖掘洞穴，

喃喃的鬼魂也開始渴望見到天日。

因此，幸運女神啊，

改變吧，改變這種高傲的情景吧！

用市民的怒氣點燃每個羅馬人的心胸，

為我的荒蕪領地提供新的題材！

因為我不曾為人類的血感到歡欣，

我的復仇女神也不曾滿足她的渴望，

自從歷史家蘇拉的劍釋放紫色的潮流，

收割了不會饜足的死亡。』

冥神說著……此時張開的大地立刻顯現出來，
冥神的手結合以女神的手。
然後幸運女神微笑著回答說：
『哦！支配科塞塔河帝國的天神啊！
如果險惡的真理可以安然揭露，
那麼去喜愛你的願望吧！也喜愛我那沸騰的怒氣，
當激烈的憎惡在我胸中熾燃時。
我憎惡自己把羅馬抬舉得那麼高，
此刻我為自己過分的受寵感到後悔。
但是那建立了羅馬高傲力量的那位天神，
不久將使它的榮耀重歸塵土。
然後我將以狂喜的心情點燃大火，
藉著大屠殺滿足報復心。
我認為，我已然看到色沙利亞那致命的平原
堆積著死者的屍體，而葬禮的柴堆
數不清，在伊貝利亞的海岸熾燃著！
我看到利比亞的沙地沾染著血，

七重的尼羅河在預言的恐懼中呻吟著！
每一邊都有武器鏗鏘聲回響著，
阿克提姆岬的那次潰退似乎重現在我眼前！
那麼打開你領域的所有大門，
讓你那些擁擠的臣民自由行動！
坐在小船中那位年老的冥神恰隆永遠無法載運
那些等待通行的成群鬼魂，
他需要一個船隊——這樣復仇的女神就可能滿足
自己極度的渴求，以命運讓自己感到饜足。
受到傷害的世界正匆匆前往你的領域。』
幸運女神一說話，
一陣硫磺雲就照耀著藍色的閃電，
突然的雷鳴吼叫著。
驚嚇的冥神害怕它兄弟的電擊，
顫抖著把頭隱藏在夜色之中。
諸神藉著可怕的徵兆立刻揭露了
正在接近的命運那致命的恐怖。

太陽在血腥的雲中遮蔽了自身的光線，
好像它為已開始的可怕場景哀傷；
同時，顫抖著的月神辛西亞逃離邪惡的情景，
閉起眼睛，從世界隱退。
山脈被突然的暴風雨顛覆；
犯錯的河流使得河道變得乾枯。
就連天堂本身也坦承自己的驚慌，
可怕的大軍在雲中發生戰鬥；
伊特拿山的惡毒怒氣變本加厲，
把奇異的閃電投向受驚的天空；
未受埋葬的幽靈也在墳墓四周漫遊，
以不耐煩的威脅姿態要求寧靜；
一顆燃燒的彗星甩動著鮮明的頭髮；
心存懷疑的天帝在驟雨般的血中下凡。
天堂隱藏這個事件的時間並不長；
因為強而有力的凱撒渴望報復，
為高盧提供了和平，朝人民的武器奔去。

在聳立的阿爾卑斯山最高處，
有峭岩俯視著雲層，
一座供奉赫克力斯的聖壇冒著煙。
那兒的永恆冬天阻止人們接近。
滿懷抱負的山頂撐起天空；
夏天不曾投射其溫暖的陽光，
青春的和風也不曾激勵不快活的空氣；
只有堆積的雪升高，
那是星形的天體所形成的冰柱。
這兒，凱撒帶著歡樂的大軍攀爬著；
這兒，他紮著營，從高高的懸崖
俯視整個西方的肥沃平原。
雙手高舉，如此唸著他的禱詞：
『萬能的天帝宙斯！還有你，昇平的大地，
時常由我提供你子女的得意之情！
請看看我不情願攜帶的這些武器，
無比的傷害逼迫我藉由戰爭來匡正。

我遭受剝奪與放逐，同時我用本土的鮮血，
讓萊茵河高傲的潮水氾濫到堤外，
把自傲的高盧人限制在他們的阿爾卑斯山上，
再度準備襲擊你的神殿。
但是，這些辛勞換來什麼獎賞呢？
啊呀，征服被征服自身所毀！
戰敗的日耳曼成為一種新的罪，
而六十次的勝利被賞以放逐的命運。
但是，我的榮耀逼我去算計的
傭兵之助力又是什麼呢？
哦！羅馬真羞恥！我的羅馬否認他們的出生，
他們也不希望羅馬的榮譽遭受傷害，
他們那位嫉羨的首領將撲倒在這件武器之下！
來啊，勝利的伙伴們，激起你們好戰的怒氣吧，
用你們那征服一切的劍來維護我的目標吧！
我們的危險是一致的，我們的罪是相同的。
並不是只有我收割了榮耀的田野，

而是因為你的緣故，這些桂冠是由你贏得；
既然恥辱與懲罰被註定了，
所以我們的戰利品與勝利辛勞是共有的，
擲下骰子吧！就讓幸運女神裁決這一擲吧！
讓每個勇敢的戰士抓住閃亮的刀刃！
對我而言，我的權利已經被加冕，
置身在眾多英雄之中，我的成功無庸置疑。』
凱撒說著……此時從天空迅速降下了
天帝之鳥催促他順利逃走。
左手邊的森林中可以聽到奇異的聲音；
發射的火燄閃亮地穿過森林的陰鬱。
太陽神以自身提供最明亮的光線，
以不凡的光采為白晝歡呼。
勇敢的凱撒在預兆的催促下下令讓發動運轉；
他自己首先嘗試危險的途徑；
因為被動的土地還躺在
凍結的霜以及安靜的恐懼之中。

但是，當無數的人群與馬群
以及冰冷的腳鐐隨著熱烈的腳步而解禁，
融雪就膨脹成可怕的阻力，
湍急的河流滾滾流過高山。
但是不久，彷彿命運下達了命令，
漲潮又停止在冰冷的波濤中；
同時在險惡小徑上方，
馬匹、人員和混雜的旗幟亂成一團。
更加恐怖的是，
突然吹起的風強迫雲兒聚集在一起，
忽然造成一場暴風雨籠罩在回響的武器上方，
冰雹降下，從蒼穹之處湧現了一片冰海；
一種全面性的毀滅征服了土地與天空，
受驚的河流匆匆流過堤岸；
而大無畏的凱撒借助於自己的矛，
仍然不屈不撓地向前衝。
赫克力斯熱情勃發，

他衝上高加索峭壁，奔向美名。
萬能的天帝從奧林匹斯山頂下來，
迫使巨人們潰逃。
同時受驚的謠言乘著顫動的羽翼
穿過天空，飛向皇宮，
把這些消息帶到震驚的羅馬那兒：
一個敵對的船隊正航行在海洋上，
在阿爾卑斯山上方，熱衷於征服日耳曼
的報復大軍湧到罪孽深重的羅馬。
很快地，火與劍以及所有可怕的人民之怒
在他們的眼前出現！
那種困惑人心的騷亂支配了每個人的胸膛，
理性在疑懼中消失無影。
有的逃到陸地，有的選擇海洋，
認為比本地的海岸安全！
這些人奔向武器；命運更加驚嚇著瘋狂的人，
每個人都聽從恐懼對他們的指引。

暈眩的平民不知道明確的方向，
只是在一片混亂中穿過大門，
並與恐懼競爭——羅馬屈服於謠言，
哭泣的羅馬人離開原來的所在地。
這是凱撒那隻牽引顫抖的孩童的手，
這是他的神祇隱藏其中的心胸，
他透露悲哀的神色離開長久所喜愛的門檻，
對著不存在的敵人大肆詛咒著。
新娘在丈夫的懷中抱怨著；
一個虔誠的年輕人表現出子女的關心，
支撐著年老的父親，沒有感覺到重擔，
也無所恐懼，只感到那可敬的付託。
同時，這些人，無情的人！
把寶貴的財富運到戰場，讓戰爭飽食戰利品。
就像強烈的南風吹起，
狂暴地捲起千堆浪，
在深海上，受驚的水手殫精竭慮，但卻白費力氣；

舵手們驚恐地站在那兒，拍打著船帆；
同時有的登陸，有的避開海岸，
情願相信幸運之神，也不願意相信磐石。
但是，有什麼可以描述那種擄獲每個胸膛的恐懼呢？
因為兩位執政官跟偉大的龐培逃走了。
龐培，他是希達培斯河戰役與堂皇的彭圖斯之戰的禍源，
那塊海盜之石，天帝曾以驚奇的心情
三次坐在凱旋的戰車上看著這些海盜！
那個強而有力的首領頒布黑海法條，
教導讚嘆的博斯普魯斯海峽要服從，
哦，可恥啊！放棄了帝國之名，
卑鄙地棄羅馬與名聲於不顧！
於此同時，無常的幸運之神為他的逃亡而自豪。
諸神在恐懼中看到國內的紛爭，
連天上眾神的心胸也一致懷抱著恐懼。
成群溫和又安靜的神祇離開了，
我們的不虔誠使得祂們放棄了這世界！

先是翅膀柔軟的和平伸展雪白的手臂，
把橄欖桂冠放在眉頭上，
快速奔逃去尋求極樂的福地。
溫順的信心伺候她，眼神沮喪，
哀傷的正義披頭散髮，
而哭泣著的諧和衣服被撕裂了。
但是歡樂的地獄打開銅門，
所有的復仇女神離開冥界法庭。
險惡的女戰神貝蘿娜結合以復仇女神，
而可怕的復仇三女神武裝著燃燒的烙鐵。
蒼白的死亡、陰險的欺詐以及屠殺，
隨著怒氣，衝了出來！
那脫離腳鐐的怒氣高高抬起血淋淋的頭；
一頂頭盔遮蔽著他那受傷的面容，
而他的左手抓著戰神的盾，上面有無數可怕的標槍。
同時在他的右手中，一把燃燒的火炬出現，
照亮了毀滅，點燃了世界。

下凡的諸神也離開天空，
同時疑惑的巨神亞特拉斯不再承受平常的重擔；
而塵世的紛爭甚至分裂了天堂。
愛神之母狄恩妮為了凱撒的大義首先出現；
她的智慧女神派拉絲助她一臂之力，戰神也加入。
同時，支持勇敢的龐培的力量則有
月神辛希亞、太陽神、母后西蕾妮的兒子
以及龐培的典範，偉大的赫克力斯。
喇叭響起！殘忍的衝突立刻抬起
陰森的頭，甩動打結的頭髮。
她的臉孔佈滿凝結的血塊，
樹膠狀的恐怖從她的眼睛滴落；
兩排蛀牙使她的嘴巴變形，
一串毒液從她的舌頭流出；
同時發出嘶嘶聲的毒蛇在她臉頰四周嬉戲；
破衣幾乎無法隱藏她那死灰色的皮膚，
她還在顫抖的手中揮動著一把火炬。

她如此從地獄的陰暗中升起，
到達高聳的亞平寧山頂端；
從那兒觀看所有的陸地與海洋，
以及那些浮動在擁擠平原上的軍隊，
她那透露喜悅的怒氣突然轉化成言語：
『現在，你們這些國家，衝啊，衝到彼此的懷抱，
讓那象徵紛擾的火炬永遠燃燒！
因為逃亡將不再拯救懦夫的性命，
只要老少、男女或孩童的同情有所作用，
大地都會顫動，最高傲的塔
也會在痙攣的毀滅中倒塌在地上。
你，執政官馬色留斯，去維護法令吧；
而你，執政官鳩利歐，去刺激瘋狂的群眾吧！
你，口才流利的執政官倫圖勒斯，
儘管使用你有力的舌頭去助長紛爭！
但是，哦，凱撒，你為何拖延報復的行動？
為何不衝破罪孽深重的羅馬的大門，

讓它那寶貴的榮耀成為你可喜的獵物？

而你，偉大的龐培，難道你不知道自己的力量嗎？

如果你害怕羅馬，那麼請趕到亞得里亞海的伊匹丹納斯，

讓愛琴海的色沙利亞平原染上人類的血！』

衝突如此說，……不信神的大地表示服從。」

XV

當尤莫普斯口若懸河地朗誦完這首洋溢著感情的詩時，我們終於進入克羅頓這個城市的大門。到了這兒後，我們前往一家廉價的小客棧休息，第二天早晨便動身去找一處較為氣派的住所，不久，我們遇見了一群圖謀遺產的人，他們追問我們一些問題，譬如我們是誰？來自何處？我們嚴格地遵循先前安排的計畫回答這兩個問題，表現出能言善道的口才。他們相信了我們所說的每一句話，迫不及待地把財產交給尤莫普斯處理，爭先恐後要讓他理財。所有的人都獻上了禮物，以便贏得這位百萬富翁的歡心。

這樣的情況在克羅頓持續了很長一段時間，直到尤莫普斯陶醉在成功之中，完全忘記了自己曾是個卑微的人；他甚至還對伙伴們誇口說，沒有任何人能抗拒他的影響力，他們可以在這個城鎮為非作歹而不遭到處罰，因為他的朋友們會大力幫忙。雖然我每天都把許多過剩的好東西塞進我那腫脹的臭皮囊中，並且真心相信幸運之神終於不再以惡意的眼光看待我，但我仍然時常陷入沉思中，思索著目前的生活方式以及它的來由。

我時常這樣對自己說：「萬一有一個圖謀遺產的狡猾之徒派人到非洲打探，發現我們的騙局呢？如果尤莫普斯的那個僕人厭倦了這種奢侈的生活——這是很有可能的，懷著惡意而向自己的好友們暗示此事，洩漏了整個騙局呢？唉！這樣我們就必須再度逃亡，回到好不容易才擺脫掉的貧窮日子，重新過著乞討的生活。天上的諸神與女神啊！不法之徒過的是什麼樣的生活啊——永遠擔心會犯了什麼重罪而遭受懲罰！」

我如此跟自己說，帶著一種最為憂傷的心情離開房子，希望戶外的新鮮空氣能夠讓我重振精神。一走進公共散步場，就有一個長得十分討喜的女孩見到了我，叫著說：「波黑爾諾斯。」那是我為了偽裝所採用的名字。她告訴我說，她的女主人希望跟我講話。

「妳搞錯了，」我回答她，心裡感到十分困惑，「我只是一個外國人和奴隸，不配獲得這種榮譽。」

「不！我正是為你而來的，」她回答，「但是我很明白，你知道自己長得很俊美，所以就裝腔作勢，出賣你的眷愛，不願意免費提供。你那頭波浪形、梳得很好看的頭髮還可能意味著什麼呢？你那化過妝的臉孔、眼睛裡透露的慵懶神色、那精心設計的姿態，以及每次只審慎地踏出矯飾的步伐，難道不是想藉由顯示外表的魅力而出賣肉體嗎？

請看看我，我不是占卜者，不像星象學家們那樣懂得研究行星，然而我卻能夠從一個人的外表去推斷他的性格，看著他走路的樣子，我就能預知他的意圖。如果你願意把我所要求的東西賣給我們，那麼，有一個現成的買家已經準備好了；又或者，如果你願意免費提供，那麼我們會很高興地接受你的恩惠。你對我說你只是一名奴隸以及普通的僕役，這樣只會更加刺激我女主人那熱烈的想像力，有些女人就喜歡汙穢的東西，只有在看到奴隸或僕役們裸露兩腿時，才能激起她們的熱情。還有些女人熱衷於角鬥士或骯髒的鰥夫，或者那些在舞臺上昂首闊步的演員。我的女主人就是這樣的女人，她可以跳躍十四排的距離，從樂隊席跑到下等席，只為了到後面的下層聽眾那裡精心挑選她喜歡的對象。」

我被她迷人的談話所吸引，於是對她說：「親愛的，請告訴我，那個愛慕我的女人就是妳自己嗎？」

這個女僕聽到我不露痕跡的讚美，笑得非常開心，於是對我說：「好了！好了！別那麼洋洋得意，我還不曾把自己獻給一位奴隸呢！我也絕不會在一個絞刑犯身上浪費我熱情的擁抱。如果有女人願意去吻鞭子所留下來的痕跡，那是她們自己的選擇，而我，雖然只是一個女僕，卻不曾跟低於武士階級的人交往。

嗜好各有不同，全都取決於機會；

有人喜歡荊棘，有人喜歡玫瑰。」

這種特殊的喜好讓我感到很驚奇，更詭異的是，這位女僕跟女主人一樣挑剔，而女主人的愛好則跟女僕一樣的低俗。

在進一步說了一些打趣的話之後，我立刻請求這個女孩把女主人帶到篠懸木大街。她很高興，於是在整理好裙子後跑進一座緊鄰散步場的桂冠樹森林。不久之後，她就從女主人隱藏的地方把女主人帶出來，引到我身邊。

她比任何藝術家所能塑造出的人兒更完美，她的美非言語所能形容，我所能說出的一切都遠遠不及她的萬分之一。

她天生的鬈髮如同波浪般流瀉在肩膀上；她的額頭很低，瀏海從額頭往後梳；她的眉毛延伸到臉頰上緣，幾乎在兩眼之間相遇；眼睛在沒有月光的天空中閃耀著比星星更亮的光芒。她的鼻子微微彎曲，小小的嘴兒好似普拉克希特爾雕刻的黛安娜，下巴、頸子、雙手，還有那穿著高雅黃金涼鞋的雪白雙腳，全都顯得燦爛奪目，媲美白色的大理石。我第一次認為，就算拿李恰斯的妻子桃麗絲與她相比，也會讓桃麗絲為之失色，雖然我過去一直都很讚賞、愛慕她。

天神啊，為何要耽擱，為何輕視愛的藝術？
在上頭的天堂中靜默又毫無光采？
此刻如果天神變成公牛會多麼好[1]，
或者他的灰髮轉變成軟毛！
戴納漪就是在這兒——光是她的觸碰便能燃起愛慾，
讓天神融化在液體的歡悅中[2]。

[1] 宙斯愛上腓尼基公主歐羅芭（Europa），他化身成一頭公牛將她載往克里特島生活，而這塊原本沒有名字的大陸，便被取名為Europe，即為傳說中歐洲名稱的由來。

[2] 戴納漪為希臘公主，她父親為了防止追求者接近她，將她拘禁在鐵塔內，於是宙斯化作一陣金雨親近了她。

她十分歡喜，露出非常甜美的微笑，我彷彿看到月兒從雲層中掙脫出來，露出滿月的臉孔。很快地，她輕點手指強調所說的話，笑著說：「如果你不要太自傲，就可以享受一個有地位的女人，這個女人享有男人的性經驗還不到一年的時間。那麼，俊美的年輕人啊，我提供你一個姊妹，我知道你已經有一個兄弟了，我並不恥於去做探詢的工作。然而，何不再找一位姊妹呢？我要求同等的尊嚴，如果你願意的話，儘管試看看你是否會喜歡我的吻。」

「不！」我回答她，「可愛的人兒，我要放棄妳，寧願介紹一個陌生人當妳的仰慕者，如果你允許他拜倒在妳的石榴裙下，妳會發現他忠心耿耿。為了不讓妳認為我空手進入這座愛的聖殿，我要把我的兄弟當成禮物獻給妳！」

「什麼？」她叫著說，「你要把他獻給我？但你的生活中不能沒有他，你的快樂取決於他的吻，你愛他，就像我要你愛我一樣。」

她說這些話的聲音是那麼甜美，你會誤以為是海上女妖的樂音隨風飄來。我迷失在對她的仰慕裡，一種比天堂之光更明亮的光輝讓我目眩神迷，讓我很想問問眼前這位女神的名字。

她回答：「啊！我的侍女沒有告訴你嗎？我叫色希[3]。我並不是太陽的女兒，我的母親不曾隨心所欲地阻止地球的旋轉路徑。但是，如果命運把我們兩個人結合在一起，我仍然要感謝天堂賜給我這項高貴的恩寵。是的，有一位神祇以神祕、沉默的力量在暗中進行著這一切。我，色希，愛上你波黑爾諾斯，並不是沒有原因的。一把象徵同情的大火炬在這兩個名字之間熾燃著，那麼，按照我的意思去做吧！我們不用害怕有人在窺伺，你的兄弟此刻在很遠的地方。」

[3] 史詩故事《奧德賽》中，色希是太陽的女兒，尤里西斯的同伴們在喝了色希招待的美酒之後，被色希變成了豬，最後由尤里西斯出馬救回了同伴們，還得到色希的忠告，躲過深海女妖賽倫的加害。

色希的話一說完，便伸出那雙比羽毛更為柔軟的手臂，她摟著我的頸子，將我按倒在點綴著花朵的草地上：

在艾妲山的頂端，當天帝愛撫著他的寧芙，
公開表達無法克制的熱情，
他的大地之母則顯示出所有的魅力，
包括玫瑰、紫羅蘭、芬芳的茉莉，
以及在綠地上微笑著的美麗百合。
這就是我的維納斯躺著的一小片地；
我們的愛是祕密的，但迷人的白晝是明亮的，
就像她，如同她華美的神殿。

我們躺在草地上，在數以千計的吻中調情，這是那更濃烈歡娛的前奏。但是，哎呀！我的力氣忽然變得虛弱，讓色希十分失望。

她對這種侮辱感到十分生氣，於是叫嚷著說：「這是怎麼回事？我的吻讓你感到厭惡嗎？我的氣息因為禁食變得難聞嗎？我的腋下不潔淨又有臭味嗎？如果都不是的話，難道你是在擔心吉頓嗎？」

聽到她的話，我臉紅得很厲害，所剩的一絲絲精力也完全消失了，只覺得全身都脫臼了。我請求我的情人，對她說道：「我的王后啊，不要加重我的痛苦，我感到很迷惑。」

這種微不足道的藉口無法緩和色希的怒氣，她不屑地把眼睛撇開，看向她的侍女：「告訴我，克麗希絲，老實告訴我，我有那麼惹人厭嗎？我有那麼放蕩嗎？有什麼天生的缺點損害到我的美嗎？不要欺騙妳的女主人，我和他之間想必有什麼奇怪的問題。」

克麗希絲站在那兒，沉默無言，於是色希抓起一面鏡子，對著鏡子練習了情人間習於展現的神情與微笑，然後她抖落了衣袍，讓衣袍躺在地上縐成一團，最後突然奔向維納斯神殿。我站在那兒，像一名被判重刑的罪犯，或者像一個被可怕幻象糾纏住的人，不停自問著：我所喪失的喜樂是真實的？還是只是一場夢？

就像睡眠時我們那任性的幻想會嬉鬧著，
渴望的眼睛會尋求隱藏的財富，
我們也會擁抱贓物；那微笑著的寶物
會充滿我們那犯罪的手；自覺的汗水會滲出；
同時痛苦的恐懼會沉重地壓在心中，
唯恐大祕密會發出聲音。
但是當幻覺的歡樂隨著夜晚退去，

而我們對著悅人的虛幻張開眼睛，
卻會為了不曾擁有的東西而哀傷，以為自己失去了它們，
也會渴望著那些想像中的幸福。

我真的以為我的不幸只是一場夢，或者是一種幻覺，體力虛弱的情況持續了很長的時間，讓我甚至無法從地上站起來。然而，我的心智還是逐漸恢復了正常狀態，體力也慢慢回歸，於是我走回家，假裝不舒服，撲倒在草墊上。不久後，聽到我生病的吉頓很憂心地走進我的寢室，為了讓他感到安心，我對他說，我臥床只是為了休息一下。我還說了很多其他的事，但完全沒有提到我所遭遇的不幸，因為我很擔心他會醋勁大發。

為了避免他起疑，我把他拉到我身邊，試圖證明我的愛，但是所有的喘氣與流汗都是白費工夫。他滿懷怒氣的站起來，責備我精力衰退、感情減弱，還說他早就已經注意到，我一定是把我的心思和精力消耗在別的地方了。

我打斷他：「不！親愛的，我對你的感情始終沒變，然而此刻理性戰勝了愛與色慾。」

「好吧，謝謝你表現出如蘇格拉底般純真的熱情，雅典將軍亞希比德斯躺在他教師的床上時，他是最沒有受到汙染的[4]。」

「小兄弟，我告訴你，」我繼續說，「我已經不再擁有男子漢應有的知識與感覺了。那個一度讓我勇猛無比的部分已然死去、埋葬了。」

[4] 亞希彼德斯為蘇格拉底的弟子，柏拉圖的《饗宴篇》中記述，俊美的亞希彼德斯多次引誘蘇格拉底並向他示愛，卻被後者斷然拒絕。

他看到我真的失去了氣力，又擔心萬一被逮到單獨跟我在一起可能引發醜聞，於是匆匆離開，退到另一個房間。他一走，克麗希絲就走進我的房間，把女主人色希的寫字板交給我，上面寫著以下這封信：

「色希致波黑爾諾斯

問候

如果我只是一個淫蕩的女人，我就會抱怨你讓我失望。但是我沒有，我反而真的很感激你的性無能，因為我享受了更長久類似的快感。我要問的是，你還好嗎？你是否靠自己的雙腿走回家？因為醫生說，如果一個人沒有力氣，就無法走路。我把我的想法告訴你吧！年輕人，請當心中風。我不曾看到一個病人處在比這更緊急的危險中，請相信我的話，你已經等於是一個死人了。如果你的膝蓋和雙手同時出現沒有力氣的現象，你可以立刻請殯儀館的人來辦後事了。

唉，唉，儘管你以可怕的方式冒犯了我，我仍然會為處在痛苦中的你提出處方，如果你想治好病，請吉頓幫助你吧！我向你保證，如果連續三個晚上不跟你的小兄弟睡在一起，你就會恢復氣力。至於我自己，我並不擔心找不到另一個仰慕我的人好給我一點點愛情。我的鏡子和我的名聲都告訴我說，我的話是千真萬確的。

祝你平安（如果你能夠的話）」

克麗希絲一看到我讀完這封尖酸的信，就說道：「這種意外很常見，尤其是在這個城市中，這兒有些女人能夠從天空中把月亮引誘下來。別害怕，你的事情會獲得解決，只要很親切地回我女主人的信就好了，以一種真誠又溫和的回應恢復她的信心。告訴你一個事實吧！從你傷害她的那一刻起，她就變成一個不同的女人了。」

我很樂於接受這個女孩的建議，於是在她的寫字板上寫了以下的回信：

「波黑爾諾斯致色希

問候

小姐，坦白說，人們也時常冒犯我，我只是一個男人，而且仍然是一個年輕人。但是在今天之前，我從不曾犯下什麼足以致命的罪。犯人承認犯罪，而妳施加處罰；這是我罪有應得。我曾經背叛一個朋友、殺死一個人、破壞了一間神殿；請為我這些罪孽施加適當的懲罰吧！如果妳想要殺死我，我就把我的劍交給妳；如果妳喜歡鞭打我，我會裸身撲倒在我女主人的腳旁。

妳只要記住一件事，我之所以無法行事，並不是因為我自身的緣故，而是因為我的工具的緣故。戰士已經準備好，然而他手中卻沒有武器，是什麼害我變得那麼沮喪無力呢？我也說不上來，也許是我的想像力超越了我那停滯不前的力量，也許在那野心勃勃的渴望中，我提前耗盡了熱情。我不知道究竟是怎麼回事。

妳提醒我當心中風，然而對我來說，最嚴重的中風莫過於害我無法占有妳的那種中風。這便是我所有的抗辯，如果妳允許我改過的話，我會讓妳滿足的。」

我很清楚地許下這種承諾，在送走克麗希絲之後，我開始以特別的方法訓練我那不爭氣的身體，不再洗澡、只適度地使用藥膏、採取能強化體力的飲食——也就是洋蔥和不調味的蝸牛頭，並且減少飲酒。最後，我在睡覺前輕鬆地散步，安定神經，也不再跟吉頓上床——雖然我急於跟他和好，卻很害怕與他有一丁點兒的碰觸。

第二天起床時，我感覺到身心都很健康，就走到同樣的篠懸木散步場——其實我十分害怕這個不祥的地方，然後等待克麗希絲帶我到她的女主人那兒。

在來來回回走了幾趟之後，我在前一天的地點坐了下來。此時，我看到克麗希絲向我走來，她的身邊跟著一位矮小的年老女人，她向我致意：「神經質先生，現在情況如何？你覺得情況有改善嗎？」

年老的女人從口袋中抽出一束不同顏色的編織紗線，把它繫在我的頸子上。然後，她將塵土和口水混在一起，用中指伸進其中，不顧我嫌惡的表情，把它們塗在我的前額。

「不要失望；我祈求陽具之神，

救助那個地方，讓他的聖壇冒煙。」

唸完咒語之後，她要我吐三次口水。接著她對小石子唸完咒語，將它們包在紫布中，要我用這包小石子敲擊胸膛三次，然後將雙手伸進我的私處，開始試探我的性能力。說時遲，那時快，我的性能力服從了她的召喚，那話兒大大地勃起，充滿了這老女人的手中。她高興得跳了起來：「看啊，克麗希絲，看啊，」她叫著，「我已經驚動這隻兔子，讓其他人來追逐。」

完成這件事之後，年老的女人把我交給克麗希絲，重獲女主人的寶貝讓克麗希斯非常高興，於是她匆匆忙忙地把我帶到女主人那兒。我們在一個非常可愛的地方發現了她的女主人，那裡十分僻靜，裝飾著大自然用以迷惑人類的最美景色。

那兒的高貴篠懸木投下清涼的陰影，
修剪整齊的松樹展示出顫動的樹頂，
女神達芙妮在絲柏中加冕。
附近一條蜿蜒的河輕輕流過，
在喃喃流動時轉動著小圓石。
一個為愛而設計的地點；
夜鶯與溫和的燕子能夠敘述它的喜悅，
牠們在各自的樹叢中歡迎來臨的日子，
在狂歡的鳴囀中送走每個時辰。

她在金色的坐墊上縱情地伸展身子，坐墊支撐她那大理石似的頸子。她正用一根開花的桃金孃樹枝搧著安靜的空氣，一看到我便微微臉紅，無疑是想起我昨日的冒犯。

只剩我們兩個人時，我在她的邀請下坐到她身旁，她立刻把桃金孃樹枝放在我的眼睛上，這彷彿一道牆在我們之間升起，也讓她的表現開始大膽了起來，她笑著說：「中風的人啊，現在情況如何？你已經有相當程度的恢復，所以今天又回來了？」

我回答：「為什麼問我，何不試一試？」

於是，我投進她的懷抱，盡情的享受美好、健康又自然的吻。她那可愛的模樣把我吸引過去，我情不自禁的開始享受著。我們的嘴唇在多次的響吻中結合在一起，交纏在一起的手指頭變換著各種情愛的把戲，兩人的身體在彼此的擁抱中纏繞在一起，直到彼此的靈魂彷彿融合為一。然而，在這種美妙前奏的高峰狀態中，天啊！我的力氣再度背叛了我，我完全無法達到至上的歡樂時刻。

色希勃然大怒，在遭受了連續兩次的羞辱後，她終於開始採取報復，她叫來了所有的管家，命令他們好好揍我一頓。對我施加這種殘酷的待遇還不足以使她滿意，她又叫來所有織布的女僕以及最卑賤的工人，要他們對我吐口水。

我雙手遮住眼睛，沒有說出一句抗議的話，因為我知道自己罪有應得。我逃離房子，暴風雨似的拳頭與口水驅迫我前進；普蘿色蕾諾，那個年老的女人也被踢了出去，克麗希絲則遭到毆打。整個房子籠罩在驚慌的氣氛中，大家同聲抱怨，互相打探是誰惹得女主人發了這麼大的脾氣。對我而言，這種挫折是有好處的，我小心地隱藏挨打後的傷痕，不讓尤莫普斯有機會幸災樂禍，也不讓吉頓因為知曉真相而傷心。為了挽回面子，我唯一能做的就是假裝生病，於是我爬上床裝病，把怒火轉向那個引起所有不幸的禍源：

我要以可怕的鋼刀割掉身體的那部分；
剃刀有三次從顫抖的手中掉落。
現在，我無法做到以前能做的事；
因為我那個顫抖著的東西，冷如冰，退縮了，
在一個起皺的遮棚後面畏縮著。
它把頭藏起來，逃避我的復仇。
如此，由於它的恐懼，我便打消了念頭，
只是說了一些話，發洩我的怒氣。

我用手肘撐著身體，對著這個膽小鬼說出了這段話：「你想為自己辯解什麼呢？你這個人神都厭惡的東西，你的名字不該被自重的人提起，難道我活該得到你如此對待嗎？從天堂的幸福被拖向地獄的折磨，多年的精華與精力都毀於一旦，淪入老朽的失能狀態中。請給我，我請求你給我一個證明，證明你還有什麼用途。」我說出這樣的話語來發洩我的怒氣。

但是，它避開眼睛，不為所動，露出哀傷的神色，
沒有對我的溫情譴責回看一眼；
像彎曲的楊柳在小溪上方顫抖，
像受傷的罌粟不為和風所吹動。

在這種毫無尊嚴的抗議即將結束時，我開始為自己說的話感到羞愧，暗暗臉紅，我竟然忘了自尊，與身體的一個部分口角，有尊嚴的人是不會去注意這個部分的。

在摩擦額頭一會後，我立刻自問：「畢竟，我又犯了什麼大錯呢？只因我藉著一點理所當然的責罵抒發了情緒？你不也常詛咒我們身體的各個部分？包括我們的肚子、喉嚨……就連頭痛時，你也時常詛咒它。尤里西斯不也與自己的心口角嗎？悲劇演員不也責罵他們的眼睛，好像它們聽得到？痛風的人責罵他們的腳，風濕症的人責罵他們的手，眼睛痛的人責罵眼睛，傷了腳趾的人不也把自己的疼痛歸罪於可憐的腳嗎？」

為何那個時代像政治家卡圖似的嚴肅人物，
對我的熟悉的詩行表現出不當的怒氣？
率直的諷刺文在隨性又簡明的韻律中湧出，
每種罪惡因適當的色彩而顯示出來。

我描述愛，描述臉紅的女人
與動情的男孩們任性歡樂。
伊比鳩魯[5]教導我們：天上的力量
不顧塵世凡人所犯的罪，
享受長久的愛之永恆，
放任輕浮的世界，隨它而去。
最錯誤的莫過於人類的愚蠢偏見，最愚蠢的莫過於假裝自己道貌岸然。

[5] 古希臘時期主張享樂主義的哲學家。

XVI

說完這些話之後，我把吉頓叫過來，問他說：「請告訴我，親愛的，請以你的名譽為保證告訴我，亞希托斯把你從我身上搶走的那一夜，他有對你施暴嗎？又或者，他度過了自制與禁慾的一夜？」

這個男孩摸摸眼睛，以最嚴肅的口吻發誓說，亞希托斯並沒有傷害他。遭遇不幸的我感到暈頭轉向，無法控制自己，根本不確定自己在說什麼。

過去的事就讓它過去吧！我對自己說，回憶往事只會帶來痛苦。最後，我把所有的注意力轉向恢復自己的精力，我甚至準備專心求助眾神。因此，我開始祈求陽具之神的幫助。為了善加利用機會，我裝出快樂的面容，跪在神殿的門檻，以如下的詩行請求神祇介入：

「酒神的歡樂，小圓林的守護，
恢復衰微之愛的仁慈力量啊，

蕾斯波斯島與青蔥的沙索斯島央求你，
島上的侍女在淫蕩的儀式中崇拜你的力量；
森林女神的喜悅啊，
請以善意的關照傾聽我的願望，滿足我的祈禱。
我無辜的雙手不曾沾血，
也不曾以冒瀆的方式褻瀆神聖；
我低頭鞠躬；請送來恢復力量的祝福，
我並非存心冒犯你，
因脆弱而犯罪，罪孽較不那麼深；
請寬恕我的罪，請原諒一種小過錯。
當仁慈的命運允諾令人愉快的禮物，
我會感恩地對你的神性鞠躬。
我會為你的神龕提供一隻乳豬，
還有神聖的酒杯盛滿高貴的酒；
一隻被選定的羊將躺在你的聖壇上，
我羊群中的領頭羊將犧牲生命。
然後你狂熱的崇拜者將

繞著你的神殿跳舞三次，戴著明媚花冠，
在最虔誠的醉酒中迴響著你的狂歡喧鬧。

正當我忙著祈求，專注於身體受損的那一部分，那個年老的女人走進神龕，披頭散髮，穿著黑色衣服，全身亂糟糟的。她把一隻手放在我的肩膀上，引導我走到廊外。

「是什麼邪惡的女巫吞噬了你的男子氣概呢？」她大聲說，「你夜晚時在街上踏到了什麼廢物或垃圾嗎？你無法在那個男孩身上履行義務，只是顯得軟弱、膽小又疲倦，就像拖著貨物上山的一匹馬，白白浪費勞力與汗水！現在，你犯了錯還不滿意，竟然要諸神與我對抗……我要讓你學聰明點！」

於是，她把毫無抵抗力的我引回神殿，走進女祭司的臥房，強迫我躺在床上，拿起掛在門後的籐條將我打了一頓。我並沒有吭聲，要不是藤條在鞭打第一下就裂開來，減少了擊打的力量，她很可能會打斷我的手臂或頭。她鞭打我生殖器的方式讓我發出沮喪的呻吟聲，我忽然大哭了起來，雙手掩住臉，在枕頭上畏縮著。這個年老的女人也流著淚，坐到床的另一邊，開始以顫抖的聲調抱怨說，她活得太久，覺得很厭煩。

女祭司走了進來，叫喊著：「啊！你們為什麼在我的臥房？還全都拉長著臉，好像是來參加葬禮似的？今天可是假日啊！就連最悲傷的人在假日也要笑一次的。」

年老的女人回答：「哦！娥諾希兒，是這個年輕人，他被命運詛咒了，他無法與男孩或女孩進行交易。我不曾看過如此不幸的人；像一塊浸濕的皮，他的那話兒就是這樣！我問妳吧，若一個男人沒有嘗到絲毫快感就離開色希的床，妳會對他做何感想呢？」

娥諾希兒一聽到她這樣說，就在我們中間坐了下來。好一會兒的時間，她只是搖著頭，最後她說：「只有我這個女人知道如何治這種病。為了不讓妳認為我只是隨便應付，我要求這個年輕人跟我睡一夜，看看我是否能讓那東西硬得像牛角！

大自然的萬物都順從我神奇的力量，
開花的大地會枯萎，也會腐爛，
但只要我喜歡，大地就會變得青蔥、清新又歡悅。
這兒，多花的山谷將展現春天的美，
那兒，結凍的平原將隱藏在雪中；
藉著神奇的魅力，我會讓旋風停止，
讓它收縮氣息，發出平和的呢喃；
老虎與豹，屈服於我的意志，
服從我的命令，不再殺害生命；
在我一聲令下，
濃密的黑暗不久就會在天空伸延，

隱藏銀色的月；
太陽的火焰戰車停在天上的平原中，
女海神長久空等她的主人。
那些黑海的公羊吐出火與煙，
女巫米蒂亞馴服牠們去服侍她，
讓牠們鼓脹的胸膛承受她的重軛。
輝煌的色希是太陽的女兒，
能夠把尤里西斯的士兵變成豬；
牧神希倫努斯在森林中，海神普羅突斯在海中，
他們把天神宙斯隱藏起來，隨意呈現自己喜歡的形式。
我的技藝很卓越，我的力量伸展到遠處，
卑屈的世界屈服於我的魔法之下。」

聽到她承諾要製造這些奇蹟，我不禁嚇得發抖，開始更仔細地檢視這個年老的女人。「現在，」娥諾希兒突然說，「按照我的指示去做。」她非常小心地洗了手，對著睡椅俯身，一再吻我。

然後，她把一張古老的桌子放在祭壇中央，在上面放滿點燃的煤炭，開始用熔化的瀝青修補

一個老舊的碗，接著，她把拿下木碗時跟著掉落的一個木釘放回被煙燻黑的牆上。在穿上一件寬大的斗篷之後，她立刻把一個巨大的煮鍋放在火上，同時拿起一根叉子，從肉架上鉤起一個布袋，裡面裝著很多豆子以及幾片極為陳腐、被切了數千刀的豬頰肉。她解開繩子，把裡面的東西抖落在桌上，叫我以巧妙的方式剝皮。我聽從她的命令，小心地把豆子跟骯髒的豆莢分開，但是娥諾希兒責備我動作太慢，衝動地從我手中搶去豆子，用牙齒咬開豆莢，吐在地上，那些豆莢在地上看起來就像死蒼蠅。我禁不住對她「窮則變」的應變技巧，以及每一件事的訣竅嘖嘖稱奇。是的，貧困具有這種優點，所以這位女祭司才會這樣熱切地追求它，她所做的每件小事都明顯地展現出這種渴求，她的小屋正是象徵貧困的靈地。

這兒沒有印度象牙鑲在金中，
沒有大理石遮蔽著虛假的模型；
雖無昂貴的藝術，但這個可敬的靈地
卻有其自然、樸素的裝飾，閃閃發亮。
在穀神的涼亭四周生長著垂柳；
這位女祭司所知道的每個盤子都是土製的；
盛著聖酒的瓶子由泥土製成，
垂柳當碟子，對神聖的力量而言是不可侵犯的；

這兒沒有銅的俗麗裝飾，沒有紫色的榮耀，
濕泥與汙物混合，遮護神蹟；
燈心草與蘆葦裝飾卑微的屋頂，
稻草中沒有秋天的穀物。
在一個古老的架子上發現一片美味火腿，
扶移綁在花冠之中。
天地女神偏促在這樣一間低矮的小屋中，
她的住處很低，心智卻崇高。
她那寬宏的心將贏得感恩的讚美，
而繆斯使得她的名聲不朽。

然後，她剝了豆子的皮，吃了一塊肉，用一根叉子把跟她自己一樣古老的豬頰肉放回原位。然而，這個老女人拿來搆到架子的那張破凳子在她體重的壓制下崩潰了，於是她掉進火中。煮鍋的邊緣碎掉了，正在燃燒的火熄滅了，這個女人的手肘被一塊熱紅的火炭燙傷，整個臉孔沾滿飛揚的灰燼。我在驚慌中跳起來，心中冷笑著把老女人扶了起來。此事完成後，她立刻跑到一個鄰人那兒重新點火，以免耽擱祭禮。

我正要走向小屋的門，此時，三隻聖鵝——我猜這個老女人可能習慣在正午餵牠們——對著我衝了過來，用一種令人不安又近乎猥褻的咯咯叫聲逼近我，讓我感到緊張萬分。其中一隻鵝扯開我的束腰外衣，另一隻鵝解開我的鞋帶，不停拉扯著，第三隻鵝是領頭的一隻，牠一邊指揮這種殘酷的襲擊，一邊用鋸齒狀的嘴喙啄我的腿。我認為現在不是胡鬧的時候，於是扯下桌子的一隻腿，開始棒打這隻好戰的動物。我並不滿足於輕微的棒打，而是立刻置這隻鵝於死地，為所受到的一切討回公道：

大力士赫克力斯以技巧馴服這些鵝，
在高聲的喧囂中把牠們追逐到天空；
快步的兄弟把這些鳥身女妖從
戰慄的菲紐斯國王那虛幻的盛宴中趕出去。
星辰為牠們的擾嚷逃亡而震驚，
似乎在瘋狂的恐懼中向後翻滾。

我留下那隻鵝倒臥在那兒，牠的兩名同伴則啄起散佈在地上的豆子。牠們在發覺自己失去了首領後便回到神殿了，然後，我為成功復仇又得到死鵝為戰利品的自己感到很自豪，於是把那隻死鵝丟在床上，用醋清洗腿上的小傷口。

我擔心會因此受到責備，決定馬上離開那兒，於是我把東西收拾好，動身離開小屋。在還沒有跨越門檻時，卻看到娥諾希兒拿著一個充滿火焰的土鍋走過來。我又向後退，把衣服丟回原位，假裝自己一直坐在兒等待她回來。

她在一些碎成片片的蘆葦上點了火，在頂端堆積了很多圓木，開始說出耽擱的原因，說她的朋友要她按照習俗喝完三杯酒才讓她走。然後她問道：「我不在的時候你都做了些什麼？豆子都到哪裡去了？」

我自認自己做了一件值得讚賞的事，便開始把與鵝交戰的經過描述給她聽，最後，為了不讓她感到不愉快，我把那隻死鵝給了她，補償她的損失。

這個年老的女人一看到這隻鵝，就發出可怕的叫聲——你會以為那些鵝又入侵這個地方了。我感到很困惑，以為自己犯下了什麼奇怪的過錯，我不斷要求她告訴我為什麼那麼生氣，為何她同情鵝，卻完全不同情我？

但是，她兩手擊掌尖叫著：「你怎麼敢講話，你這個可惡的人！你一定清楚自己犯了什麼嚴重的過錯，你殺死了陽具之神所鍾愛的東西，那隻鵝是所有女人的寶貝。你以為自己只是犯了一點小錯！要是官吏們知道的話，你會被釘上十字架的。你已經用血玷汙了我的家，我的家以前不曾被褻瀆過，你讓我的敵人有藉口解除我的職位。」

她說話時身體仍顫抖，在失望中很是生氣，

她弄傷臉頰，拉扯銀髮。

大量的眼淚像河水一樣傾注，
像湍流從山上流瀉下來，
當南風任性地輕輕吹著，
融解了寒霜，融化了山雪；
如此，她沉溺在淚水的洪流中，
深深的嘆息在她胸中的最深處迴響。

「我請求妳，別這樣大叫，」我打斷她，「我會給妳一隻鴕鳥，補償妳的鵝。」但她仍然坐在草墊上，為這隻鵝的早夭而傷心，而我則驚訝地呆立在那兒。此時，普蘿色蕾諾也來了，並帶來獻祭用的材料。她一看到死鵝便緊張地追問災禍是如何發生的，然後她開始大哭特哭，為了我而大驚小怪，彷彿我殺死的是自己的父親，而不是一隻公有的鵝。

這個煩人的情況讓我感到非常厭倦，於是出聲抗議：「請告訴我，就算我犯了謀殺罪，就算我剛剛殺死的是妳，難道我不能用錢贖罪嗎？好了，我現在提供兩枚金幣，夠拿來買諸神與那隻鵝了吧！」

娥諾希兒一看到金幣，便高聲驚呼：「年輕人啊，請原諒我，我是為了你而感到焦慮，這是表示深情，不是惡意。」她刻意壓低著音量：「噓！我們會小心，不讓任何人知道這件事。只要你向諸神祈求原諒你所犯下的褻瀆罪。」

無論是誰擁有神奇的黃金，就可安全航行到
所喜歡的任何地方，支配幸運之神的風向；
他可以在戴納漪女神的懷抱中築柔軟的窩——
阿克里西俄斯[1]不會與宙斯爭論！
他也可以成為詩人、雄辯家，有何不可？
他高談闊論時，大家忘記了老卡圖！
或者如果他比較喜歡吵鬧的法院，
請看看強有力的法學家拉貝歐以前是什麼樣的人！
簡言之，一旦你擁有了錢，
你只要許願，天神就現身會在你的金庫中。

此時，這位女祭司開始忙東忙西，把一杯酒放在我的雙手下面，叫我把手指伸直，用韭菜和荷蘭芹潔淨手指。然後，她喃喃唸著咒語，把榛果浸在酒中，再根據榛果最後會浮出水面或是沉下去來進行占卜。

我注意到，那些裡面只有空氣而沒有果仁的不成熟硬果會浮到表面，而裡頭飽滿的硬果就沉到底部。接著，她把注意力轉向那隻死鵝，她切開牠的胸部，拉出一片小小的肥肝，開始根據肥肝顯現的徵兆預測我的未來。

[1] 阿克里西俄斯為戴納漪的父親。

為了不留下一絲一毫的犯罪痕跡，她把整隻鵝切碎，用叉子串起肉片，為我準備了美味的一餐，就在不久前，她還詛咒我去死呢！同時，滿杯的純酒大量地傳來傳去，這個年老的女人愉快地大吃她們兩人剛剛才為之悲悼不已的鵝。

鵝肉全部吃完後，半醉的女祭司轉向我，說道：「我們必須完成神祕的事情，好讓你的性能力得以恢復。」

然後，她搗碎蕁麻種子，開始將它們慢慢塞進我的肛門。接著，這個殘忍的老女人用那些混合物塗抹我的兩隻大腿，然後是我的屁股，她在上面塗了油和磨碎的胡椒。

娥諾希兒一面說話，一面拿出皮囊，將旱金蓮花汁混合以青蒿，把我的生殖器浸在這種東西之中，然抓起一束刺人的蕁麻，開始緩慢又規律地拍擊我肚臍以下的地方。蕁麻造成的劇痛令人難以忍受，於是我逃走了。兩個年老的女人瘋狂地追著我，雖然酒氣與色慾把她們搞得暈頭轉向，她們還是跑上了正確的路，追著我穿過好幾條街，大聲尖叫著：「停下來，小偷！」

雖然埋首向前衝時我所有的腳趾都流血了，但我終究還是逃走了。

XVIII

一回到家，我就立刻躺上床，雖然筋疲力盡，卻完全無法入睡，我腦海中不斷浮現出種種悲慘遭遇，認為自己是世界上最不幸的人。

我叫喊出來：「幸運之神已經成為我最嚴酷的敵人，只要再有愛的折磨，我就會痛苦透頂。命定的可憐蟲啊！幸運之神和愛聯手，密謀要毀滅我，殘忍的丘比特不曾放過我。無論是愛還是被愛，我永遠置身在拷刑架上！

克麗希絲啊！她瘋狂地愛著我，一直在挑逗我。克麗希絲在為女主人牽線時非常看不起我，她蔑視我、把我視為奴隸，只因為我穿的是奴隸的衣服。我說啊，這位曾經嫌棄我處境卑微的克麗希絲，如今卻冒著生命的危險追求著我。她向我發誓，絕不會丟下我一個人，就在她說她對我的愛如火般熾熱的那一次。

但是，擄獲我心的卻是色希，我因為她而輕看其他女人。真的，有誰能像她那樣美呢？比起她來，亞麗安妮或麗妲的美又算什麼呢[1]？就算是特洛伊的海倫，甚至是美神維納斯，又有什麼

[1] 兩者均是希臘神話中知名的美女，在「麗妲與天鵝」的故事中，宙斯便是為了接近麗妲而化身為一隻鵝。

可以向她誇耀的呢？在女神的選美會中當裁判的巴里斯[2]若見到了她閃動的眼睛，就會立刻放棄所有女人——包括特洛伊的海倫和三位女神，而選上她！只要我能夠吻那嘴兒，揉捏那宛如天堂般美妙的乳房，也許我的力量就會恢復，那變得遲鈍又著魔——我真的這麼認為——的部分就會復活。再怎麼受到侮辱，我也不會耗盡耐性，我曾挨打，但那不算什麼；我曾被踢出去，但那只是一種愉快的嘲弄，只願我能夠重新受寵。」

可愛的色希所散發的魅力引發了我諸多類似的想法，也激起了我的想像力，我開始不斷努力想像著銷魂蝕骨的情景，在輾轉之中甚至把床都給弄亂了。然而，一切的掙扎都是白費力氣，最後，無止境的失望終於耗盡了我的耐性，我開始詛咒那迫害我的邪惡魔法。最終，我還是恢復了自我控制的力量，想起多少古代的英雄都曾受到諸神怒氣的迫害，我盡可能從這些故事中求取安慰，然後寫出了以下的詩行：

「不止是我感受到天堂正直的怒氣，
諸神曾嚴厲地對待其他人
藉著天后朱諾的怒氣，天堂生育了赫克力斯[3]，
並在黑暗海岸失去了俊美的海勒斯。
特洛伊國王羅米頓感受到天神的憎意[4]，
而赫克力斯之子特勒普斯血流於致命的劍下。

[2] 希臘神話中，三位女神為了得到刻有「獻給最美的女神」字樣的金蘋果，請來巴里斯作為選美的裁判，愛神阿芙羅黛蒂因承諾要將世上最美的女人賜給巴里斯而獲選。

[3] 赫克力斯身為天神宙斯的私生子，尚未出世便受到天后朱諾的憎恨，朱諾千方百計阻止赫克力斯的誕生卻未能如願。

塵世的力量無法避開命運明確的天意，最敏捷的人也無法逃離天堂的報復。」

這種焦慮折磨著我，我整夜輾轉反側、無法成眠。白日隱現時，吉頓知道我在家睡覺，於是走進我的房間。他嚴厲地責罵我過著淫蕩的生活，還對我說，整間房子的人都尖酸地抱怨我的舉止，說我幾乎不去注意正經事，只知道涉入風流艷事、毀了我自己。我因此推測，他對我的事情知之甚詳，我猜，應該有人曾到這裡打探我的事。我問吉頓：「有人來打探過我嗎？」

「今天沒有，」吉頓回答，「但是昨天有一個穿著入時的女人進來跟我說了很久，還強迫我說話，把我給煩死了。最後她說，如果你所傷害的那個人堅持要控告你，你就活該上絞刑架，你一定會像奴隸一樣遭受鞭笞。」

聽到這個消息後，我內心非常痛苦，我發出嘲笑聲，再次控訴幸運女神。

當我還在熱烈地咒罵時，克麗希絲走了進來，瘋狂地抱著我的頸子，大聲說：「我把你抱在懷中，我心中的寶貝，我的愛，我生命中的歡樂！你永遠無法澆熄我這股熱情之火，除非你在我的血中熄滅它。」

她強烈的愛意讓我不知所措，我趕忙說出一連串奉承她的話，想把她打發走，唯恐這個瘋女人的叫聲會傳到尤莫普斯的耳中，這個老傢伙正為自己的成功感到非常得意，老早就表現出一副作威作福的模樣，彷彿他真的是我們的主人。於是，我用盡各種方法讓克麗希絲冷靜下來，假裝

4 羅米頓是特洛伊的國王，海神波賽頓以及太陽神阿波羅化為凡人，幫特洛伊城建築堅固的城牆。城牆完工後，羅米頓卻未依約支付酬勞，憤怒的兩人以瘟疫及海怪懲罰特洛伊。

自己深愛著她，喃喃說出溫柔的廢話，巧妙地扮演著深情的仰慕者，讓她以為我被她的魅力所迷。我提醒她，若我們被人目睹同處在我的臥房中，將會讓我們陷入非常危險的處境中，即便是犯了最輕微的過錯，尤莫普斯都會對我施加嚴厲的處罰。

聽到我這麼說，克麗希絲便加緊腳步離開，特別是當她看到吉頓回來了——吉頓在她來找我的不久前離開了房間。

她一離開，一位新雇用的僕人就跑進來對我說，主人認為我連續兩天疏於職責，他為此感到極為生氣。他說，我最好趕快編一個可信的藉口，否則就他看來，主人恐怕得鞭打某一個人，才有可能讓怒氣消下去。

看到我如此苦惱又沮喪，吉頓並沒有對我談起那個女人，他只是談到尤莫普斯，勸我在這件事情上對尤莫普斯採取輕鬆的態度，不要看起來過分嚴肅。

我樂於接受吉頓的忠告，於是以愉快的姿態接近尤莫普斯，結果，他並沒有表現得很嚴肅，反而以戲謔的態度對待我，他嘲笑我在愛情上春風得意，又大力讚美我的優雅與高貴為我贏得了所有女人的歡心。

他繼續說：「世上最美的女人為了愛你都快丟掉性命了，其實，這對我來說倒不是什麼新聞，恩可皮烏斯，這件事或許會對我們有什麼幫助也不一定。那麼你呢，就繼續扮演深情的情人，而我，則繼續扮演我一直以來所扮演的角色。」

他的話還沒有說完，便有一個女人走了進來，她是一個非常高貴的女人，名叫菲蘿米拉。她在年輕時因貌美贏得了很多遺產，而如今她已過了青春鼎盛的時期並且垂垂老矣，所以就鼓勵兒子與女兒去讓沒有孩子的老年人領養，成為財產繼承人，如此繼續拓展她行之以久的事業。

這個女人來找尤莫普斯，把自己的孩子委託給他，希望他當孩子們精明的監護人，把她自己以及她的希望寄託在他的仁慈上，堅稱世界上只有他能夠藉由每天灌輸健全的教育來培養年輕人。簡單的說，她要把孩子們留在尤莫普斯家中，讓他們聽他的智慧言談，這是能夠留傳給年輕人唯一值得擁有的遺產。她說到做到，在老年人的臥室中留下了一個外表迷人的女孩以及她的弟弟——一個年輕小伙子，然後便離開了房子，說自己要到神殿去祈禱。

尤莫普斯是一個很小心的人，甚至把像我這樣年紀的人視為手下。他不久就要求這個女孩獻身於愛神維納斯，開始經歷那落於人後的愛情體驗。然而，他早就向所有人謊稱自己患了痛風，恥骨殘廢了，要是他表現得跟先前說的不同，這場騙局就會露出馬腳。為了不露出破綻，他請求女孩坐在她母親口中這位仁慈、善良的人——他自己——身上，同時命令柯雷克斯爬到床底下，雙手撐在地上，用背部支撐尤莫普斯身體的起伏。

這個僕人聽命以一種規律的動作來回輕輕支撐女孩熟練的動作。當高潮即將來臨時，尤莫普斯大聲又清晰地叫了出來，催促柯雷克斯動作快一點。這個老人就這樣夾在僕人與情人間，享受著快感，彷彿在盪鞦韆。他一再重複著這種運動，伴隨著女孩響亮的笑聲，以及他自己的笑聲。而我也並沒有閒著，我唯恐自己的手會因為疏於使用而遲鈍，於是開始襲擊女孩的弟弟，因為他就站在那兒，透過鑰匙孔觀賞著姊姊的「體操」。我之所以會這麼做，是想要看看他是否會接受我的侵犯，而他就像是一個受過訓練的男孩，毫不猶豫地接受了我的愛撫。但是，啊呀，我再次發現神祇並不幫助我所做的努力。

無論如何，這一次的我並不像前幾次那樣因為失敗而沮喪。不久之後，我的精力就恢復了，忽然間，我發覺情況改善了，於是叫出來說：「天上偉大的諸神讓我再度成為男子漢！信使之神麥丘里一再支配人的靈魂，他出於愛意的仁慈，把惡意的手從我身上奪去的東西還給了我，讓你知道，我比普羅特希勞，或古代任何強壯的男子擁有更美妙的稟賦。」

說完後，我掀起束腰外衣，讓尤莫普斯看看我所有的「榮耀」。有好一會的時間，他只是驚慌地站在那兒，然後，為了確定自己眼前所見，他伸出兩隻手，觸摸諸神賜給我的禮物。

這種美妙的恩賜恢復了我們快活的心情，我們嘲笑菲蘿米拉的狡猾以及她兩個孩子的熟練表現，她的孩子根本不可能從我們身上得到什麼好處。菲蘿米拉之所以放棄她的兒子與女兒，任憑我們擺佈，完全是希望能得到尤莫普斯的遺產。想到她以這種齷齪的方式去爭取沒有孩子的老年人，不禁讓我想到我們目前的財務狀況，我利用這個機會警告尤莫普斯，這種咬人的遊戲最終可能遭人反咬一口。

我又補充說：「我們每一個行動都應該小心翼翼。蘇格拉底是人類與諸神認可最明智的人，他習慣誇口說，他不曾瞄過酒店一眼，也不曾去過任何擁擠又混亂的集會。世界上最明智的忠告莫過於：經常謹言慎行。」

我又堅稱：「我說的都是真的，貪求別人財富的人最容易遭逢不幸。那些江湖郎中以及騙子都是如何生存的呢？他們時而丟出一個小錢包或一袋叮噹作響的錢，來引誘眾人上鉤。就像愚蠢的野獸為食物所誘惑，同樣的，人類也只有在面對充滿希望的誘餌時才會上當。那艘來自非洲、載滿金錢與奴隸的船，並沒有如你承諾的那樣到來。那些圖謀財富的人已經累了，不再表現得那樣慷慨。但願是我錯了，但也許疲倦的幸運之神已經開始後悔她對你的眷顧。」

「我想到一個計策，」尤莫普斯回答，「也許會讓那些圖謀財富的朋友大為尷尬。」於是他從錢袋中抽出寫字板，大聲讀出如下的遺囑：

「凡是想要獲得我的遺產的人，除了我的自由民之外，如要繼承所提及的財產，都要符合一個條件，那就是，他們必須把我的屍體切成碎片，當場在家人面前吃下去。

我要讓他們了解，他們不必震驚，大家都知道，一直到現今還有一些國家遵行這種習俗，由親戚吃死人的屍體，這使得一些病死的人經常遭到指摘，因為他們久病之後肉體受損了。我提醒我的朋友這些事實，否則他們可能完全不會拒絕照我的遺囑去做，反而會十分樂意吃我的屍體，就像他們熱忱地祈禱我斷氣一樣。」

正當尤莫普斯唸出頭幾個條件時，幾個與他最親密的朋友進入他的房間，一看到他手中的文件，便急切地請求他念出裡面的內容。他立刻表示同意，大聲的從頭唸到尾。

一聽到有關必須吃屍體的不尋常規定，他們顯得非常沮喪。然而，財富的力量令這些可憐的人們目眩神迷、良知窒息，他們在他面前只是一群畏縮的懦夫，不敢對這種惡行提出抗議。總之，其中有一個叫果吉亞斯的人竟樂於表示同意——只要別讓他等太久的時間。

尤莫普斯聽到果吉亞斯這樣說，就轉向他繼續說：「我並不擔心你反胃。你的胃會聽從命令的，只要你答應它：你會提供它很多好吃的東西以補償一小時的作嘔感覺。只要閉起眼睛，假裝你吃下肚的不是人肉，而是很棒的一千萬元。況且，我們會找到一些調味品來去除不好的氣味，別擔心。其實，沒有一種肉本身就是美味的，通常都是經過人工的處理，好讓不習慣的胃能夠接受那種味道。

唉，如果你需要一些例子來支持你的決定，這麼說好了，西班牙的沙貢亭人在漢尼拔的逼迫下就曾吃過人肉——而且還是沒有希望獲得遺產的。培魯希亞人在遭遇嚴重的饑荒時也是如此，他們並不期望這種可怕的食物能為他們帶來什麼好處——除了避免挨餓。當希匹歐將軍攻下努曼希亞時，母親們懷中抓著吃了一半的孩子屍體。簡言之，人們是因為想到自己在吃人，才會產生噁心的感覺，你必須全心全意把那種嫌惡感從心中驅逐，這樣你才能夠得到我的遺產。」

尤莫普斯滔滔不絕地說出這些毫無顧忌的誇張言詞，極盡不合理之能事，使得這些圖謀財產的人們開始懷疑他的承諾。

他們開始仔細地審視我們的一言一行，他們觀察到的一切都大大加深了他們的懷疑。不久後，那些曾花費巨額代價款待我們的人開始認定我們是一群卑鄙的騙子，決定要抓住我們，進行正當的報復。

另一方面，克麗希絲得知了我們所有的祕密，於是偷偷將這些克羅頓人的企圖告訴了我。聽到消息後，我非常驚恐，立刻帶著吉頓逃走，留下尤莫普斯自己一個人自生自滅。

幾天之後，我獲知那些克羅頓人對尤莫普斯長久以來利用他們過著奢侈的生活感到非常地生氣，於是以馬希利亞人的方式殺害了那隻老狐狸。

為了讓你了解這是什麼意思，我必需告訴你，每當馬希利亞人遭逢瘟疫，就會有一個貧窮的居民自願成為贖罪的犧牲者，條件是先要由公家維持這個人的生活，讓他吃精美的食物。然後，這個不幸的人兒會戴上節日的花冠、穿著聖袍，穿過整個城市遊街示眾，成為眾人詛咒的對象，讓整個國家的災禍都集中在他獻出的頭顱上。最後，尤莫普斯被人從一塊峭壁的岩石上推落，頭部向前栽了下去。

劇情之外 特洛伊戰爭簡述

特洛伊戰爭發生於西元前一一九四至一一八四年，希臘詩人荷馬據此寫出《奧德賽》及《伊利亞德》，為這場長達十年的戰爭增添了神話色彩：

在一場眾神雲集的喜宴中，唯獨紛爭女神厄麗絲未獲邀請，她忿忿不平的帶著一顆刻著「獻給最美的女神」字樣的金蘋果來到宴會中，引起天后希拉（朱諾）、雅典娜和阿芙羅黛蒂（維納斯）等女神的競爭。爭執不下的三人請宙斯當裁判，宙斯則推薦特洛伊王子巴里斯當最後的裁決者。三位女神分別向巴里斯提出不同條件的賄賂，希拉答應讓他成為歐羅芭及亞細亞的主宰，雅典娜承諾要帶領巴里斯戰勝宿敵希臘人，阿芙羅黛蒂則承諾將世上最美的女子獻給他，最後，阿芙羅黛蒂雀屏中選，成為最美的女神。

世上最美的女子——斯巴達公主海倫求婚者眾多，海倫的父王要求所有求婚者發誓，不論最後誰娶到海倫，日後若海倫的夫君因她而陷入危險，所有人都要為他挺身而戰；最後，梅尼勞斯獲選為海倫的丈夫及斯巴達國王。而在巴里斯的審判之後，阿芙羅黛蒂帶著巴里斯來到斯巴達，巴里斯旋即愛上海倫，並趁著梅尼勞斯不在國內時將海倫帶回特洛伊。忿怒的梅尼勞斯向兄長亞加孟農求援，要求希臘各城邦履行承諾，共同討伐特洛伊。

特洛伊與希臘人的戰爭持續了十年之久，兩方勢力時有消長，此時，奧德修斯（即尤里西斯）

向阿加孟農獻上了有名的木馬屠城記，阿加孟農於是命人造了一隻巨大的空心木馬，並放出消息說自己對長年的征戰心生厭倦。另一方面，特洛伊人發現希臘聯軍不見蹤影，駐軍處只剩下一隻巨大的木馬，滿心歡喜的以為戰爭終於結束了。一名被希臘軍遺棄的士兵——希農證實了特洛伊人的猜想，希農聲稱木馬是希臘聯軍要供奉給雅典娜女神的祭物，他們刻意將木馬造得比特洛伊的城門還巨大，免得特洛伊人得到木馬，贏得女神雅典娜的幫助。

特洛伊祭司拉奧孔主張燒掉木馬，並將自己的矛射向木馬，突然間，兩隻巨蛇從海中竄出，攻擊拉奧孔的兩個兒子，拉奧孔試圖營救兒子卻遭巨蛇勒死，之後，兩隻巨蛇便鑽進女神雅典娜的雕像下。特洛伊人因此深信破壞木馬將觸怒女神雅典娜、招致厄運，於是拆了城門，將木馬迎進城內，徹夜喝酒狂歡。半夜裡，躲在木馬中的希臘士兵趁著特洛伊人酒醉之際將城門打開，在裡應外合下攻陷特洛伊城，結束了長達十年的戰爭。

花絮 譯者的話

《愛情神話》中除了男女之間的愛情外，也以大篇幅描述男人之間的情愛，可由此想見古希臘人的男女關係。難得的是，它是第一世紀中葉所遺留下來的傑作，雖然無法以完整面貌呈現，但兩千多年以來一直是文、史、哲各方面學子與學者津津樂道的作品，一九七〇年，費里尼將它搬上銀幕，更讓它因此成為家喻戶曉的名著。

本書意在嘲諷古羅馬暴君尼祿奢華、荒誕的一生，前幾章以富豪崔瑪奇歐為主角，這位崔瑪奇歐正是費滋傑羅的成名作《大亨小傳》中的大亨——蓋茲比的原型，享受著奢華的宴席，今朝有酒今朝醉，光是一些奇異的菜名就令人目不暇給，崔瑪奇歐甚至特地請來一位吹號角的人，時時提醒自己已度過了多少歲月，可真是有心人啊！

既是嘲諷之作，免不了處處見機鋒，書中機智的格言令人印象深刻，例如作者曾針對女性說道：「如果世界上沒有女人，所有的東西都會很便宜的。」並以一則不尋常的故事，來證明：「沒有一個女人是貞潔的。」

除了同性戀和異性戀的歷險記，裡頭還穿插了軼事、詩歌以及文學與藝術方面的論述，其多元面貌也是本書的特點之一。這部被喻為歐洲文學史上第一部寫實主義的小說，由文學大師王爾德譯成英文（他想必很讚賞其中的同性戀場景），作品與英文譯者相得益彰，著實難得幾回見。

Story Gallery

Story Gallery